Michel Tournier

de l'Académie Goncourt

Les vertes lectures

Cervantès, Chamisso, Heine,
Ségur, Verne, Carroll, Daudet,
May, Lagerlöf, Rabier, Kipling,
London, Hergé, Gripari

ÉDITION AUGMENTÉE

Gallimard

Né en 1924 à Paris, Michel Tournier habite depuis quarante ans un presbytère dans la vallée de Chevreuse. C'est là qu'il a écrit *Vendredi ou les Limbes du Pacifique* (Grand Prix du roman de l'Académie française) et *Le Roi des Aulnes* (prix Goncourt à l'unanimité). Il voyage beaucoup, avec une prédilection pour l'Allemagne et le Maghreb. Il ne vient à Paris que pour déjeuner avec ses amis de l'Académie Goncourt.

RACONTE-MOI
UNE HISTOIRE...

La première approche de la relation écrit-oral est chronologiquement celle qui touche à l'apprentissage par l'enfant de l'un et de l'autre. L'enfant qui vient au monde ne sait ni lire ni écrire. C'est l'une des conséquences les plus importantes de la non-hérédité des caractères acquis. Quel ne serait pas en effet le bouleversement de nos vies et de notre civilisation si l'enfant naissait avec la connaissance innée de la langue et de l'écriture pratiquées par ses parents ! La nature ne l'a pas voulu. Quelle que soit l'érudition de ses parents, l'enfant est à sa naissance d'une ignorance totale. Son cerveau est une page blanche sur laquelle on peut écrire n'importe quoi, ou que l'on peut théoriquement laisser blanche en l'isolant.

S'agissant de l'apprentissage de l'oral et de l'écrit, on notera cette différence fondamentale : la langue s'apprend automatiquement par la seule immersion de l'enfant dans une société où elle est parlée. Au contraire, l'écriture suppose l'école, c'est-à-dire l'apprentissage artificiel et volontaire. La seule vue de caractères imprimés sur les pancartes ou les affiches qui abondent dans l'environnement de l'enfant ne suffit pas à lui apprendre à lire. On peut parfaitement être analphabète dans un milieu surchargé de signes écrits. C'est d'ailleurs le cas général. À moins d'être sourd, on apprend la langue en l'entendant parler autour de soi. Même avec une bonne vue, on n'apprend pas à lire en regardant les affiches sur les murs.

Cette lecture apprise à l'école ou, en tout cas, avec un maître est d'ailleurs susceptible de plusieurs degrés. On peut savoir lire un texte imprimé et capituler devant une écriture manuscrite. Dans la comédie *George Dandin*, de Molière, le valet Lubin dit : « Oui, je sais lire la lettre moulée, mais je n'ai jamais su apprendre à lire l'écriture. » La « lettre moulée », c'est évidemment le texte imprimé ; l'écriture, c'est la cursive manuscrite. Il faut convenir d'ailleurs que nous en sommes tous un peu là, dans la mesure où il nous arrive forcément de recevoir des lettres si mal écrites que nous ne parvenons pas à les déchiffrer. Je pense néanmoins que cette incapacité de lire des textes manuscrits peut correspondre à une ignorance de l'acte d'écrire. Car il est en somme parfaitement possible de savoir lire et de ne pas savoir écrire. C'est alors sans doute qu'on ne pourra lire que des textes imprimés.

La deuxième distinction concerne la lecture à haute voix et la lecture mentale. Il s'agit évidemment de deux stades de l'apprentissage de la lecture. L'enfant qui apprend à lire ne peut s'exercer qu'à haute voix. Ce n'est que vers huit à dix ans qu'il lira mentalement en parcourant simplement la page des yeux. Ce qui est curieux, c'est que cette évolution individuelle correspond à une évolution historique de la pratique de la lecture sur mille ou deux mille ans.

Il y aurait beaucoup à dire sur la lecture à haute voix. Les grands — grands frères, grandes sœurs, parents, etc. — lisent à haute voix aux petits. Mais il y a bien d'autres usages de la lecture à haute voix. On est surpris, en lisant le *Journal* de Gide, de constater qu'il lisait à tout bout de champ à ses visiteurs les dernières pages qu'il avait écrites. Louis Aragon — d'une génération plus jeune — en faisant autant — du moins en ce qui concernait ses vers. Cela paraît à peine concevable aujourd'hui. Je pense par exemple que si l'un des Goncourt s'avisait de lire à ses confrères, entre la poire et le fromage, sa dernière production, il recevrait très vite dans la figure soit la poire, soit le fromage.

L'écrivain français traduit en Allemagne doit faire face au redoutable rituel de la *Lesung* en public. Cela n'existe pas en France, Dieu merci ! Il faut constater pourtant que le public allemand se dérange pour entendre un auteur lire — généralement mal, car ce n'est pas son métier — des pages du livre qu'il vient de faire paraître. Et ici je voudrais apporter un témoignage personnel qui met en valeur la distinction fondamentale entre lecture et improvisation. Mon expérience est la suivante : je peux improviser librement pendant deux heures ou plus sans éprouver de fatigue excessive. En revanche, si je m'astreins à lire à haute voix le texte d'un livre, je suis épuisé, sans voix,

inondé de sueur au bout de quelques minutes. Il s'agit bien de deux activités de nature tout à fait différente.

Depuis peu de temps, on a mis dans le
commerce des cassettes sur lesquelles sont
enregistrés des livres en version intégrale —
généralement des romans. On songe évidemment aux aveugles qui peuvent ainsi prendre connaissance d'un livre beaucoup plus
rapidement qu'en passant par l'écriture en
braille. Mais il existe aussi un public de personnes ne lisant pas volontiers — plus ou
moins dyslexiques — et qui préféreront découvrir une œuvre littéraire par ce truche-
ment. Enfin il y a les automobilistes qui
peuvent écouter un roman sur leur autora-
dio alors que bien évidemment ils ne pour-
raient pas lire en conduisant.

On m'a demandé si je voulais enregistrer
moi-même mes livres sur cassette. J'ai accepté en me souvenant que mon premier
métier avait été la radio — vingt ans de radio
avant de publier mon premier livre — et
que je m'étais fait une spécialité de la lecture au micro de textes plutôt difficiles, de
Bossuet à Proust. J'ai donc accepté. J'ai en-
registré ainsi deux livres pour enfants. Puis
j'ai renoncé, et désormais mes livres sont

enregistrés par des comédiens. J'avais notamment une prédilection pour François Chaumette, qui nous a hélas quittés.

Pourquoi ai-je renoncé ? Je pourrais dire que c'est pour ne pas prendre son travail à un comédien dont c'est le métier. Mais j'ai une autre raison. J'ai tout de suite ressenti le malaise d'avoir à respecter et à servir un texte qui, étant mon œuvre, devait en somme rester à ma merci. S'agissant de Bossuet ou de Proust, la question ne se pose pas. Il faut les restituer dans leur intégrité absolue. Mais quand je lis du Tournier, pourquoi me priverais-je de l'améliorer ou de le changer ? C'est bien mon droit, il me semble ! Or il s'agit là d'un tout autre jeu qui n'est guère compatible avec une lecture pure et simple. Au fond l'idéal aurait été qu'on me dise : vous avez écrit tel roman ou telle nouvelle. Vous vous en souvenez évidemment. Sans rien sous les yeux, vous allez donc les raconter de mémoire. La difficulté, c'est bien sûr qu'il faut cependant respecter une durée définie. On ne peut en enregistrant un récit ni l'abréger ni le prolonger à volonté. C'est tout le problème du conteur. J'y reviendrai.

*

Toujours à propos de la lecture à haute voix, je voudrais évoquer un souvenir qui remonte à mes années d'internat au collège Saint-François à Alençon. Je m'en suis d'ailleurs servi dans mon roman *Le Roi des Aulnes*. Le soir, nous n'étions que les internes, soit environ une centaine, et nous avions la liberté de parler pendant le dîner. À midi les demi-pensionnaires se joignaient à nous au réfectoire et nous étions le double ou le triple. Dès lors nous devions manger en silence. Assis sur un podium, un élève lisait à haute voix un livre évidemment édifiant. Or la salle était vaste, les bruits de table inévitables, et naturellement il n'y avait pas de micro.

Pour être entendu, le lecteur devait crier et même hurler son texte, procédé traditionnel dans les communautés religieuses, et connu sous le nom de lecture *recto tono*. *Recto tono*, cela veut dire sans aucune nuance, sans modulation, d'un ton parfaitement uniforme.

Il m'arrive d'écouter des cassettes lues et plus souvent encore d'écouter une lecture de texte ou une récitation de poésie à la radio. Eh bien jamais, je dis bien jamais, je ne suis satisfait de la lecture que j'entends ! Il me semble que c'est autrement qu'il faudrait s'y prendre, et que je m'en serais tiré moi-même de meilleure façon. Or cela ne veut nullement dire que je suis à mes propres yeux le meilleur interprète du monde. Cela veut dire tout autre chose. Cela veut dire que l'interprétation est mon affaire à moi, lecteur ou récitant du texte, et quoi qu'il fasse, quel que soit son talent, le lecteur que j'entends me frustre de quelque chose qui me revient à moi ! Un livre est fait pour être lu par moi, un poème est fait pour être récité par moi. C'est ma voix, c'est mon interprétation qu'ils appellent. Donc la lecture *recto tono* me satisfait mieux, parce qu'elle me laisse justement le soin d'ajouter au texte — qui m'est livré en quelque sorte à l'état brut — l'interprétation et les intonations qu'il me plaît de lui ajouter. La lecture *recto tono* se rapproche au maximum du texte imprimé que je lis dans un livre et qui ne comporte — je le signale — ni interprétation ni intonations.

Cette observation renvoie à une certaine idée que je me fais du rôle de lecteur dans

l'œuvre littéraire. J'ai eu l'occasion d'écrire
que publier un roman, c'était livrer au public la moitié d'un roman, et attendre de
chaque lecteur qu'il écrive l'autre moitié
dans sa tête à mesure qu'il lit. C'est plus
vrai de la poésie et plus encore, s'il est possible, du théâtre. Et à propos de théâtre justement, j'ai souvent fait l'expérience en
lisant une comédie ou une tragédie que je
ne valais rien comme lecteur de textes dra-
matiques. Hélas, je suis incapable d'apporter au texte dramatique la part imaginaire
énorme qui lui manque — et qui comprend
non seulement la voix et les gestes des différents comédiens, mais les décors et les éclai-
rages. Des pièces qui m'enchantent quand
j'assiste à leur représentation me tombent
des mains quand j'entreprends de les lire
au coin du feu. Je n'ai pas l'imagination
théâtrale.

Je n'en dirai pas plus du théâtre qui est
un domaine très éloigné de moi. N'étant
pas homme de théâtre moi-même, je n'aurais
pu écrire pour le théâtre que poussé et
conseillé par un homme de théâtre. Ce fut
le cas de Jean Giraudoux, qui n'aurait jamais écrit pour le théâtre sans l'impulsion
de Louis Jouvet. Malheureusement, je suis

arrivé à un moment où les metteurs en scène prétendaient tout faire eux-mêmes et ne voulaient pas de la concurrence d'un auteur dramatique. Bon nombre de mes romans et de mes nouvelles ont été portés à la scène. Chaque fois le metteur en scène s'est chargé de tout, et m'a fait comprendre d'entrée de jeu que je devais me résoudre à ne me mêler de rien. La race des Louis Jouvet s'est éteinte, semble-t-il, à jamais.

*

Deuxième genre littéraire oral, la poésie. Oui, je dis bien oral. Car je suis convaincu que la poésie n'est pas faite pour être lue, mais bien pour être déclamée à haute voix, et cela par cœur, bien entendu, tout comme une pièce de théâtre. Il n'est pas de culture littéraire valable sans un bon nombre de vers sus par cœur, et ce serait je pense amusant de demander à chacun de mes lecteurs, sincèrement, véridiquement, combien pourriez-vous, là, sur-le-champ, nous réciter de vers ? Je crains très fort que l'enseignement scolaire d'aujourd'hui ne fasse trop peu de place à la récitation, exercice qui berça et terrorisa mon enfance. Je

voudrais qu'aucun adolescent ne quitte définitivement le collège ou le lycée sans avoir
un millier de vers en mémoire. C'est un
très modeste minimum. J'ajoute que la poésie moderne est en partie responsable de
cette lacune. Car si je me pose la question,
je crois que le millier de vers y sera, mais ce
seront exclusivement des vers réguliers,
avec tant de pieds, octosyllabes, décasylla-
bes ou alexandrins, et des rimes, bien entendu, des rimes ! Eh oui, bien sûr, les
pieds et les rimes sont les ressorts — ou les
béquilles, comme on voudra — de la mémoire, ce sont des moyens mnémotechni-
ques dont certains ne peuvent se passer. Il
y a peu, je pouvais réciter entièrement
La Jeune Parque de Paul Valéry — ça demandait plus d'une heure —, mais de Saint-
John Perse ou de Paul Eluard, rien, pas une
strophe, pas un vers. À qui la faute ? Ce n'est
pas faute de les aimer pourtant, je le jure.
Mais ma mémoire n'enregistre pas ce qui
n'a ni rime ni rythme.

Pour terminer, je voudrais soulever un
petit problème historique concernant la
poésie. Quelqu'un de mes amis ayant connu
personnellement Saint-John Perse — ce qui
n'est pas mon cas — m'a assuré qu'il ne to-

lérait pas que ses vers fussent déclamés à haute voix. Il exigeait qu'ils fussent lus mentalement. Je trouve cela extraordinairement paradoxal venant de Saint-John Perse dont la poésie me paraît justement faite, plus qu'aucune autre, pour la déclamation.

*

Troisième genre littéraire proprement oral, le conte.

Le conte remonte à la nuit des temps puisqu'il y a les contes orientaux (des *Mille et Une Nuits*), les paraboles des Évangiles, les récits hassidiques des communautés juives polonaises, les contes de fées, les contes fantastiques, etc. L'oralité est le facteur commun extérieur. Il faut cependant distinguer les contes populaires recueillis et transcrits par des écrivains plus ou moins ethnographes et les contes créés délibérément par des écrivains totalement originaux. Ainsi les frères Grimm relèvent de la première catégorie alors qu'Andersen appartient à la seconde. De même, en France, Henri Pourrat en Auvergne et Anatole Le Braz ou Pierre Jakez-Hélias en Bretagne se contentèrent-ils de relever scrupuleusement les contes qui agrémentaient les soirées des chaumières avant l'apparition de la radio et de la télévision.

Il y aurait lieu ici de distinguer le conte et la nouvelle. Car si le conte ressortit à l'oralité, la nouvelle, elle, est faite pour être lue. Comme son nom l'indique, elle ressemble aux nouvelles du journal. D'ailleurs, c'est un genre réaliste, souvent sombre, brutal, pessimiste. La nouvelle est faite pour être lue solitairement, le conte au contraire est un genre convivial qui suppose un public attentif et familier réuni dans un milieu chaleureux. Je ne me fais pas faute de cultiver l'un et l'autre genre. J'ai même publié un recueil — *Le Médianoche amoureux* — qui commence par de pures nouvelles pour évoluer vers la forme du conte.

Il est intéressant de comparer l'attitude du conteur — l'homme de l'oral — et celle du nouvelliste — l'homme de l'écrit. Ils ont en commun un curieux mélange d'orgueil et de modestie. L'un et l'autre vous disent d'entrée de jeu et sans vergogne qu'ils vont vous raconter une histoire extraordinaire, incroyable, stupéfiante. Cela bien sûr ni un romancier ni un poète ne le feraient. C'est que le romancier et le poète se sentent et se veulent les seuls auteurs de leurs œuvres. Ils peuvent donc difficilement en faire un éloge par trop dithyrambique. Il n'en va pas de même du conteur et du nouvelliste. Le nouvelliste se donne comme un réaliste pur qui se contente d'ouvrir l'œil et l'oreille au monde qui l'entoure. Il se donne comme une sorte de reporter supérieur explorant les mystères extraordinaires du monde quotidien qui nous entoure. « Je n'invente rien, les choses sont telles que je les décris », affirme sans cesse le nouvelliste. Il est en ce sens comparable au photographe qui parcourt le monde son appareil à la main et saisit sur le vif des scènes et des personnages insolites. « Les photos que je fais, tout le monde pourrait les faire », nous disent ainsi, avec une parfaite mauvaise foi, Henri Cartier-Bresson ou Édouard Boubat. Mauvaise foi en effet, parce que c'est nier leur propre talent créateur, et ils seraient désagréablement surpris si on les croyait sur parole.

La modestie du conteur est d'une tout autre nature. Alors que la modestie du nouvelliste renvoie à l'espace où il se meut, la modestie du conteur renvoie au temps qui l'a précédé. « Je vais vous dire le conte le plus fabuleux, le plus merveilleux que vous ayez jamais entendu », promet le conteur. Mais je n'y suis pour rien, car je l'ai recueilli de la bouche de ma grand-mère ou du conteur arabe Ibn al-Houdaïda... »

Je pense que la modestie du conteur est plus sincère que celle du nouvelliste. En effet, la tradition joue un rôle fondamental dans le conte oral, mais il va pourtant de soi que le conteur ne récite pas par cœur un texte appris d'un autre. Il interprète à sa façon une trame ou des personnages types qu'il tient de la tradition, mais dont il use librement.

Je voudrais pour terminer le chapitre des contes m'attarder sur un exemple précis, en l'occurrence *Pierrot ou les Secrets de la nuit*, un bref récit auquel j'attache une importance toute particulière.

Les trois personnages qui l'animent — Pierrot, Arlequin et Colombine — sont issus de la *commedia dell'arte* italienne avec leur costume et leur caractère. Pierrot est vêtu de blanc avec une calotte noire. Ses vêtements sont flottants. Arlequin est moulé dans un collant fait de losanges multicolores. Il est coiffé d'un bicorne et souvent masqué, alors que Pierrot est simplement barbouillé de blanc. Pierrot est naïf, silencieux et nocturne. Son astre est la lune. Arlequin est roué, loquace, et solaire. Quant à Colombine, elle est d'abord fiancée à Pierrot, mais elle se laisse séduire par le beau parler d'Arlequin.

Tels sont les traits fournis par la tradition, et il reste aux conteurs à les enrichir à leur manière. J'ajoute que, pour les Français, il existe une chanson populaire et enfantine — qui est sans doute la plus populaire de toutes les chansons populaires françaises, *Au clair de la lune* — à laquelle on n'échappe pas si l'on veut s'attarder sur le personnage de Pierrot. J'en rappelle les paroles :

Au clair de la lune, mon ami Pierrot.
Prête-moi ta plume pour écrire un mot.
Ma chandelle est morte, je n'ai plus de feu.
Ouvre-moi ta porte pour l'amour de Dieu !

Ce trio — le timide, le beau parleur et la coquette — anime d'innombrables histoires, mais principalement des pièces de théâtre et des films, ce qui souligne sa vocation orale. Je citerai tout simplement *Le Misanthrope* de Molière. Alceste — silencieux, grognon et solitaire —, c'est évidemment Pierrot. Philinte, le beau parleur de salon, c'est Arlequin. Quant à Colombine, elle est devenue Célimène, qui hésite à s'enfermer avec Alceste bien qu'elle sache qu'il représente la fidélité et la sécurité.

Deux films célèbres illustrent également ce trio. D'abord *La Femme du boulanger* de Marcel Pagnol (1939), d'après une histoire de Jean Giono. Là, Pierrot, c'est le boulanger Raimu, qui n'est ni beau ni jeune. Arlequin, c'est le berger, chanteur et joueur de guitare. Et Colombine, c'est Ginette Leclerc, qui s'enfuit avec le berger pour revenir ensuite, tête basse et repentante. Mais il y a aussi *Les Enfants du paradis* de Marcel Carné (1945) où l'on voit Baptiste (Jean-Louis Barrault) — si peu bavard qu'il est mime — s'opposer à Arlequin (Pierre Brasseur) en face d'une Arletty, laquelle choisit Arlequin pour comprendre plus tard — trop tard — son erreur. Le bonheur, c'est avec Baptiste qu'elle l'aurait trouvé.

J'ai donc repris ce thème dans un bref récit illustré en essayant d'aller plus loin et plus profond dans l'interprétation de la tradition. Mon Pierrot est boulanger. Sa fiancée Colombine est blanchisseuse. Survient dans une carriole bariolée Arlequin, qui est peintre en bâtiment. Il commence par peindre la façade de la blanchisserie de Colombine et, ce faisant, il la convertit à la couleur.

De blanchisseuse qu'elle était, elle devient teinturière. Puis il part avec elle dans sa carriole, au grand désespoir de Pierrot. Le bel été déroule ses fastes, mais l'automne arrive, et Colombine commence à regretter son escapade. Quand la neige survient, elle n'y tient plus, elle fait son baluchon et reprend à pied le chemin de son village. Elle se réfugie dans le fournil bien chaud de Pierrot qui l'accueille à bras ouverts.

Toute la philosophie du conte est résumée dans une lettre qu'elle a reçue de Pierrot et qui l'a convaincue de revenir. Voici le texte de cette lettre :

> Colombine ! Ne m'abandonne pas ! Ne te laisse pas séduire par les couleurs chimiques et superficielles d'Arlequin ! Ce sont des couleurs toxiques, malodorantes et qui s'écaillent. Mais moi aussi, j'ai mes couleurs. Seulement ce sont des couleurs vraies et profondes.
>
> Écoute bien ces merveilleux secrets :
>
> Ma nuit n'est pas noire, elle est bleue ! Et c'est un bleu qu'on respire.

Mon four n'est pas noir, il est doré ! Et c'est un or qui se mange.

La couleur que je fais réjouit l'œil, mais en outre elle est épaisse, substantielle, elle sent bon, elle est chaude, elle nourrit.

Je t'aime et je t'attends.

Pierrot.

Pour bien expliquer la signification de tout cela, il faut que je rappelle que ma vocation première était la philosophie, l'enseignement de la philosophie. Le destin en a décidé autrement, et je suis devenu écrivain par compensation. Mais par mes livres lus dans les écoles, je suis devenu un visiteur familier des classes depuis le jardin d'enfants jusqu'à l'université. Or j'ai vite compris que si j'avais enseigné la philosophie, conformément à mon premier projet, j'aurais été déçu. C'est qu'en effet mon public scolaire normal n'est pas la classe de philo composée d'adolescents de dix-sept, dix-huit ans. Non, c'est en cinquième — avec les douze ans — que je me sens de plain-pied. Autrement dit, ma vocation aurait été d'enseigner la philosophie à des enfants de onze-douze ans. Cela suppose un immense talent que je n'aurais sans doute pas eu. C'était le but de mon livre, *Le Miroir des*

idées, qui est une sorte de traité de philosophie. Malheureusement, il est raté, en ce
sens qu'il n'est guère lisible avant quinze-
seize ans, et encore ! Peut-être le récrirai-je
un jour, comme je l'ai fait pour *Vendredi*
(qui comporte une seconde version rac-
courcie et améliorée sous le titre *Vendredi
ou la Vie sauvage*). En attendant, je fais des
petits contes dont la signification est stricte-
ment philosophique. Tel ce Pierrot, par
exemple. Je n'hésiterai pas à dire qu'il
constitue une introduction à la philosophie
de Spinoza. En effet, l'opposition entre la
couleur d'Arlequin — superficielle et qui
s'écaille — et celle de Pierrot — substantielle
et nourrissante —, c'est l'opposition entre
l'accident et la substance de Spinoza. Et
cette opposition est comprise par les enfants dès la maternelle. Ces enfants savent
bien en effet la différence qu'il y a entre la
couleur qu'ils badigeonnent sur une feuille
de papier avec un pinceau et la couleur
substantielle de leur pâte à modeler ou de
leur brioche de quatre heures.

Je ne peux m'empêcher pourtant de revenir à la signification psychologique et
même sociale de ce petit conte, car je prends
mes visites dans les écoles pour prétexte à

une sorte de sondage d'opinion parmi les enfants de neuf à douze ans (plus tard, ils ne réagissent pas avec la même spontanéité). Donc Pierrot a retrouvé Colombine, et ils sont heureux dans la chaleur du fournil. Dehors, c'est l'hiver et la neige. Et voici qu'on frappe à la porte. Une voix lamentable s'élève et chante le fameux *Au clair de la lune.* C'est Arlequin qui a froid et qui voudrait rejoindre Pierrot et Colombine dans le fournil. J'interroge les enfants : faut-il ou ne faut-il pas ouvrir la porte et accueillir Arlequin ? Les réactions sont très intéressantes. Il y a souvent une forte minorité en faveur d'Arlequin, mais la majorité se prononce toujours contre lui. Une petite fille m'a dit : « Il ne faut pas ouvrir à Arlequin, parce que j'ai vu ce qui est arrivé à la sœur de maman. Elle a perdu son Pierrot à cause d'un Arlequin ! » En général, plus le milieu d'où viennent les enfants est modeste, plus grande est l'hostilité à Arlequin. Il me semble qu'ils réagissent non pas par eux-mêmes, mais en fonction de leurs parents dont ils craignent la désunion du fait d'un trublion.

Il y a quatre siècles, Don Quichotte enfourchait Rossinante

Peu de héros imaginaires éclipsent à ce point leur auteur. Cervantès disparaît derrière Don Quichotte. Rarement une œuvre aura à ce point dévoré son auteur. Faut-il plaindre Cervantès, ou bien n'est-ce pas au contraire le signe du succès le plus éclatant ? Il en existe d'autres exemples — moins criants il est vrai, mais qui peuvent nous aider à comprendre le phénomène. Le pieux Tirso de Molina a été éclipsé par le diabolique Don Juan qu'il avait inventé en 1625, et, en 1711, le puritain Daniel Defoe crée l'aventurier Robinson Crusoé qui devait s'échapper de son gros roman édifiant et ennuyeux, et reparaître dans nombre de « robinsonnades » extravagantes.

Encore une fois ce phénomène — en vérité rarissime — couronne peut-être le plus

brillant succès auquel un écrivain puisse as-
pirer. De quoi s'agit-il en vérité ? Un romancier — ou un auteur dramatique —
croit avoir créé un personnage. Sans le vou-
loir — et bien souvent il ne le saura jamais,
étant mort trop tôt pour cela — c'est un
mythe qu'il a créé, et le propre du héros
mythologique, c'est justement de sortir de
son œuvre originelle pour évoluer librement dans des œuvres ultérieures.

Si on se demande maintenant ce qui pré-
disposait ce personnage particulier à une
promotion aussi rare, on répondra sans
doute qu'il incarnait une donnée fondamentale de la destinée humaine, l'amour
absolu chez Tristan, le vertige métaphysique
chez Hamlet[1], la séduction criminelle chez
Don Juan, la solitude pour Robinson Crusoé, etc. Devenu mythe, il n'appartient plus
à son géniteur, il relève du seul imaginaire
collectif.

Mais le processus revêt avec Don Quichotte une complexité unique dans l'his-

1. À propos de Shakespeare et de Cervantès, les dic-
tionnaires nous apprennent une étonnante coïncidence :
ils seraient morts l'un et l'autre le même jour : 23 avril
1616. Mais l'Angleterre et l'Espagne de cette époque
n'obéissaient pas au même calendrier. La rectification a-
t-elle été faite ?

toire des lettres. Il y a d'abord l'état de faiblesse extrême dans lequel se trouve Cervantès lors de la création de son roman. Il n'est plus jeune, cinquante-sept ans, un vieillard pour son époque. Il lui reste onze ans à vivre. Sa jeunesse nous est d'ailleurs en grande partie inconnue. En 1566, il fait des études humanistes à Madrid sous la direction de Lopez de Hoyos. Deux ans plus tard, nous le retrouvons soldat en Italie au service de don Juan d'Autriche. Il se bat à Lépante contre les Turcs et il est blessé à la main gauche par une arquebusade. Il passe en Afrique du Nord et il est fait prisonnier à Alger par les Barbaresques. Il le reste cinq ans et ne retrouve l'Espagne qu'en 1580. C'est alors seulement qu'il choisit le métier des lettres qu'il exerce avec des fortunes diverses au milieu d'une vie itinérante. On le voit collecteur d'impôts pour le compte du Trésor public, excommunié pour avoir réquisitionné les blés des chanoines, incarcéré à Castro del Rio et à Séville. Il est à Valladolid à la cour de Philippe III quand il se décide à écrire *Don Quichotte*. On n'imagine pas de circonstances plus chaotiques. Mais la prison est peut-être pour certains le seul lieu où ils trouvent le temps d'écrire ?

*

Il n'empêche, le héros inventé ne devait faire qu'une bouchée de son chétif créateur. À cela s'ajoute le sujet même du roman, sujet on ne peut plus littéraire : le livre et la lecture. Comme l'écrira Marthe Robert, « Don Quichotte porte la littérature en lui comme une incurable blessure ». Car tout commence par la bibliothèque de Don Quichotte, une bibliothèque composée de récits de chevalerie, peuplée de dames, de soldats, de cavaliers, de seigneurs et de bandits, et il ne cessera jusqu'à la dernière page de maudire ces livres qui l'ont empoisonné et dont est venu tout le mal. Il y a là une mise en abîme d'une complexité vertigineuse. Car il se sait écrivain et il craint que tel ou tel confrère ne plagie le roman qu'il écrit à mesure que se déroulent ses aventures.

Et il y a bien sûr Sancho Pança. Il faut se garder de ne voir en lui que l'antithèse grossière de son maître, homme du peuple ignare qui n'obéit qu'à son gros bon sens et à des motifs bassement intéressés. Certes Don Quichotte lui a promis qu'il deviendrait le gouverneur d'une île, mais c'est moins par naïveté intéressée que pour partager les rêves de son maître qu'il y croit. Plusieurs chapitres ont pour titre « Entretien de Don Quichotte et de Sancho Pança ». Le valet apparaît vite comme l'interlocuteur indispensable du maître. Habité par les idées de Hegel, Miguel de Unamuno établit une opposition dialectique entre les deux personnages. Sancho est la projection de Quichotte vers la réalité, comme Quichotte demeure l'idéal respecté de Sancho. Sancho a compris que les rêves de son maître sont la source même de sa vie, et il s'efforcera à la fin de les sauver du naufrage qui les menace. Quichotte réveillé de ses fantasmes est menacé par la mort. Devenu sage, il ne lui reste qu'à disparaître. Ce n'est pas tout. Nous sommes confrontés avec ce roman à un jeu de miroirs qui atteint *in fine* un paroxysme de complexité. Imagine-t-on Emma Bovary à la fin du livre sur le point d'absorber le poison qui va la tuer, apostrophant Flaubert et s'excusant de lui avoir inspiré une histoire aussi triste que la sienne ? Flaubert aurait à coup sûr reculé devant cette audace. C'est pourtant ce que fait Don Quichotte sur son lit de mort : « Si mes exécuteurs testamentaires rencontrent l'auteur de la seconde partie des exploits de Don Quichotte de la Manche, dicte-t-il en substance dans son testament, qu'ils le prient de ma part de me pardonner pour l'occasion que je lui ai donnée sans y penser d'écrire d'aussi grandes folies et en si grand nombre ! » Et il maudit une dernière fois avant d'expirer les romans de chevalerie qui l'ont dévoyé.

Une dissection de la chose littéraire poussée à un tel degré est unique dans l'histoire des lettres occidentales.

Adelbert von Chamisso et son ombre

On ignore sa date de naissance, mais les registres de l'église de Boncourt (Champagne) attestent qu'il fut baptisé le 31 janvier 1781. Sa famille appartenait à la haute aristocratie et le paya cher lors de la Révolution. Adelbert avait neuf ans quand elle dut émigrer. Le château brûla et les biens furent confisqués. Les Chamisso échouèrent à Düsseldorf puis à Würzburg (Bavière). Les trois frères aînés survivaient en dessinant des miniatures, un art qui les conduisit à l'Académie des arts de Berlin. Adelbert en retint quelques éléments pour dessiner plus tard des herbes et des fleurs. Il devint page à la cour de Frédérique-Louise, épouse du roi Frédéric-Guillaume II.

En 1798, il est nommé lieutenant et refuse de se joindre à sa famille lorsqu'elle décide de regagner la France en 1801. Malgré plusieurs voyages en France, il restera fidèle à sa nationalité prussienne.

On possède des témoignages de ses amis, Varnhagen notamment, qui nous le montrent charmant et très « artiste » avec ses cheveux longs, son ironie perpétuelle et toujours des nuées de fumée de tabac jusque dans son lit qu'il menace d'incendier.

En 1810, il est invité par Mme de Staël en son château de Chaumont où Napoléon la maintient en exil (il lui interdit d'approcher Paris à moins de quarante lieues), et partage les travaux et les loisirs d'une petite société internationale (Schlegel, Montmorency, Sabran, Bölck, Mme Récamier, etc.).

En 1811, il la rejoint dans son nouvel exil en Suisse, à Coppet. Elle écrit à propos de Chamisso : « J'ai appris à l'estimer et à l'aimer, comme un des hommes les meilleurs et les plus éclairés que l'on puisse rencontrer dans ce monde. »

En mai 1812, elle se réfugie à Vienne, et Chamisso, converti à la botanique par August de Staël, le fils de sa protectrice, se rend à Berlin où il se consacre aux sciences naturelles et biologiques. C'est le grand tournant de son existence, il a trente-deux ans.

Avec ses collègues du Jardin botanique, il s'épuise dans des marches heureuses à la recherche de plantes rares dans la campagne et les forêts.

En 1812, il est à nouveau déchiré entre son inexorable attachement à la France de son enfance et la guerre de libération que la Prusse mène contre Napoléon. Plus encore que la monarchie prussienne, ce sont les villes libres du Reich, et parmi elles Hambourg, qui lui tiennent à cœur. Le bonheur, c'est donc la botanique, le malheur c'est l'histoire avec un grand H qui est faite de violences, de trahisons et de crimes. Ce malheur, Chamisso va l'exprimer dans un conte dont le héros s'appelle Peter Schlemihl, ce qui veut dire en hébreu le « malvenu », le « funeste », le « triste sire ». Il paraîtra en mince ouvrage à la fin de 1813 et vaudra à son auteur une notoriété éclatante qui parvient jusqu'à nous — comme le prouvent les présentes lignes.

Mais il y a l'appel du large. Le 9 août 1815, Chamisso embarque en qualité de *Naturforscher* (« naturaliste ») à Hambourg à bord du *Rurik*, un modeste brick à deux mâts de cent quatre-vingts tonneaux avec huit petits canons sur le pont sous le commandement du capitaine Otto von Kotzebue[1], battant pavillon russe. Il fait d'abord escale à Plymouth — d'où était parti quelques jours plus tôt, à destination de Sainte-Hélène, le *Northumberland* ayant Napoléon à bord. Puis c'est Ténériffe, le Brésil, le Chili, immense périple qui le mène au Kamtchatka, en Alaska, etc., et qui s'achève à Saint-Pétersbourg trois ans plus tard, le 3 août 1818. Chamisso regagne Berlin avec une riche moisson botanique. En 1821 il publie le récit de son voyage, journal, descriptions scientifiques et observations humaines. C'est un document haut en couleur, comparable par sa valeur scientifique au *Voyage d'un naturaliste autour du monde* de Darwin (1839). Le succès retentissant du conte *Peter Schlemihl* et son isolement dans une œuvre au total assez brève est un phénomène unique dans l'histoire des lettres occidentales. Sans doute

1. Son père August von Kotzebue avait eu un destin brillant et sombre à la fois. (Faut-il rappeler que *kotzen* signifie en allemand « dégueuler » ?) Né à Weimar en 1761 à l'ombre de l'immense Goethe, il se lance dans une carrière d'auteur dramatique avec une œuvre surabondante et agressive. Il séjourne en Russie, connaît la déportation sibérienne, est réhabilité et se voit confier la direction du Théâtre allemand de Saint-Pétersbourg. Il attaque violemment Goethe et Napoléon, et finit en 1819 à Mannheim assassiné par un étudiant fanatisé.

le *Werther* de Goethe en 1774 ou le *René* de Chateaubriand en 1802 connurent-ils un retentissement comparable, mais ces œuvres annonçaient la survenue de génies littéraires de première grandeur dont on n'avait pas fini d'entendre parler. Rien de tel pour Chamisso. Pour toujours il devait être l'homme sans ombre et, en somme, l'homme sans œuvre.

C'est que l'histoire est en elle-même admirable, mais elle laisse en outre le champ libre à des interprétations dont aucune ne s'impose. Schlemihl rencontre un mystérieux étranger, grand, ironique, tout de gris vêtu, qui lui offre un marché apparemment brillant : en échange de son ombre, il aura une bourse remplie d'or et inépuisable. Il conclut hâtivement le marché. L'homme en gris se baisse et ramasse sur le sol l'ombre de Schlemihl qu'il roule comme un tapis et emporte sous son bras. Schlemihl puise à pleines mains dans la bourse magique. Hélas ! Il voit aussitôt hommes, femmes et enfants se détourner de lui avec horreur. Un homme sans ombre est un monstre infréquentable. Il doit se cacher aussi longtemps que le jour fait de l'ombre, et attendre la nuit pour se risquer en public. Non vraiment on ne peut pas vivre sans ombre !

Il finira par retrouver l'homme en gris et obtenir la restitution de son ombre en échange de la bourse inépuisable. Mais Chamisso nous réserve un dénouement aussi séduisant qu'énigmatique. Moyennant les pièces d'or qui lui restent, Schlemihl achète des souliers magiques, des sortes de « bottes de sept lieues » comme celles de l'Ogre de Perrault. Il les chausse et, grâce à elles, il parcourt à pied les continents et franchit les océans du monde entier. On reconnaît la vocation cosmopolite dans laquelle s'épanouit finalement la vie de Chamisso, le Français déraciné.

Henri Heine et le pot de chambre
de la déesse Germania

Par sa vie et son œuvre, Henri Heine illustre le problème fondamental des relations des Juifs avec l'Allemagne, sans doute le pays d'Europe où ils ont pris le plus fortement racine et se sont le plus magnifiquement épanouis. Des noms comme ceux de Karl Marx, Sigmund Freud et Albert Einstein renvoient diversement à ces deux racines. Diversement certes, mais un destin commun les réunit, l'exil, puisque Marx et Freud sont morts à Londres, Einstein aux États-Unis.

L'exil, c'est aussi la clef de la vie de Henri Heine. Il est né à Düsseldorf le 13 décembre 1797, est mort à Paris le 17 février 1856. Il s'était fixé en France sous le coup de la révolution de Juillet, le 1er mai 1831. Cette révolution de juillet 1830 avait fait souffler un vent de liberté non seulement sur l'Europe, mais dans le monde entier. 1830, c'est l'indépendance de la Colombie, de l'Équateur et du Venezuela. En Europe, c'est celle de la Grèce et de la Belgique. Mais surtout en France, c'est le départ du très réactionnaire Charles X qui cède la place à Louis-Philippe, le fils de Louis-Philippe d'Orléans dit Philippe Égalité. Louis-Philippe ne sera pas roi de France, mais roi des Français, nuance importante.

Heine salue avec enthousiasme les nouvelles de Paris. Il y voit la victoire du peuple et de la liberté. Hélas l'écho de la révolution en Allemagne est quasiment nul. Heine continue à souffrir des chicanes et des menaces de la censure. Le 1er mai 1831, il quitte Hambourg et se fixe à Paris où il devient le correspondant du journal *Allgemeine Zeitung*. Il écrit : « Je menais à Hambourg une vie sans satisfaction, je ne m'y sentais plus en sécurité et je fus facilement convaincu dès lors qu'une grande main amicale me faisait signe de partir. Évidemment fuir serait facile si on ne traînait pas toujours sa patrie à ses semelles ! Pour combien de temps suis-je ici ? Les choses ne peuvent être ici pires que dans mon pays où je ne connaissais plus que misère et lutte, où je ne pouvais dormir tranquille, où on avait empoisonné toutes mes sources de vie. Ici je me noie dans le tourbillon des événements, des vagues quotidiennes, de la révolution qui gronde, je ne suis plus que phosphore, et en plongeant dans une sauvage mer humaine, je brûle du feu de ma propre nature. »

Son séjour promet de durer, puisque bientôt ses livres sont interdits par le Bundestag allemand. En échange le gouvernement français lui alloue une pension. Et puis il connaît l'amour avec Mathilde qu'il épousera en 1841.

Les années passent. Il demeure en relation avec sa famille et notamment sa mère qui est demeurée à Hambourg. Et puis, c'est la catastrophe : en 1842 la ville est en grande partie détruite par un incendie. Nombre de cités ont connu cette douloureuse mutation : le feu détruit la vieille ville tout en bois et il faudra la reconstruire en pierre. Pour Moscou, ce fut septembre 1812 quand Napoléon l'occupait avec sa Grande Armée. Et là, je ne peux m'empêcher de faire un saut d'un siècle dans le temps, car le destin voulut que cent ans exactement plus tard cette même ville de Hambourg fut à nouveau détruite. Je cite le *Journal* de Joseph Goebbels en date du 29 juillet 1943 :

> Cette nuit, a eu lieu la plus violente attaque aérienne contre Hambourg avec huit cents à mille avions de bombardement. Le Gauleiter Kaufmann m'a adressé un premier rapport. Il parle d'une catastrophe d'une ampleur encore impossible à évaluer. Nous avons affaire à la destruction d'une ville de plus d'un million d'habitants telle qu'il n'en existe pas d'exemple dans l'histoire. Cette population d'un million de personnes doit être nourrie, il lui faut des abris et des vêtements, il faut l'évacuer dans la mesure du possible, etc. Bref, nous nous trouvons devant des tâches dont nous n'avions aucune idée il y a encore peu de semaines. Kaufmann parle d'une foule de huit cent mille personnes qui erre dans les rues sans abris ni ressources.

Mais revenons à 1842 et à Heine. La nostalgie de l'Allemagne, le *Heimweh*, devient insupportable à la lecture des journaux qui relatent le martyre de la ville où habite encore sa mère qu'il n'a pas revue depuis treize ans. Malgré la mauvaise saison, malgré les menaces que le gouvernement allemand fait peser sur lui, il décide d'accomplir le grand voyage de retour. Treize années d'exil ! Que va-t-il retrouver là-bas ?

Ce voyage d'hiver dans une Allemagne ir-réelle pour lui, il en rendra compte l'année suivante dans un long poème, *Deutschland, ein Wintermärchen* (*Allemagne, un conte d'hi-ver*). Jamais son génie tendre, amer et ironi-que ne s'est mieux exprimé. L'Allemagne reste l'obsession profonde de Heine. Son-geons à ce simple détail : il n'a jamais écrit un mot en français ! L'idée ne l'a jamais ef-fleuré de changer de langue. Bien avant son voyage — en été 1840 — il avait écrit ce poème intitulé *Deutschland*.

L'Allemagne n'est encore qu'un petit enfant, mais sa nourrice, c'est le soleil. L'enfant ne tète pas la lumière du soleil comme un lait de douceur, il l'aspire comme une flamme sauvage.

À ce régime on grandit et le sang vous bat dans les veines. Oh là là enfants du voisinage, gardez-vous de vous chamailler avec cet enfant-là ! C'est un petit géant farceur. Il arrache du sol le chêne et s'en sert pour vous rosser le dos et la tête de dure façon. Il ressemble à Siegfried, ce noble héros que nous chantons en chœur. Il a forgé son épée, et avec cette épée d'un seul coup il a fendu l'enclume.

Oui, bientôt tu seras un nouveau Siegfried et tu tueras l'affreux dragon, et le soleil qui t'as nourri rira de joie en plein ciel.

Voilà comment Henri Heine voit l'Allemagne. Peut-on être plus ivre de nationalisme ?

Et c'est le départ.

Adieu à Paris

Ade Paris ! oh chère vieille ville ! Il faut aujourd'hui nous quitter. Je m'en vais comblé de bonheur et de joie. Mon cœur allemand dans ma poitrine est tombé malade tout à coup. Le seul médecin qui peut le guérir habite là-bas chez moi dans le Nord. Il va le soigner en peu de temps. On vante ses grandes guérisons. Mais je dois avouer que je tremble déjà devant ses rudes mixtures. *Ade* gentil peuple de France, *ade* mes frères si gais, c'est une nostalgie bien folle qui m'entraîne, mais rassurez-vous je reviendrai vite. Pensez donc, je me languis douloureusement de la lande de Lüneburg avec ses odeurs de tourbe et de suint de brebis, avec sa choucroute et ses betteraves. Je rêve de fumée de tabac, de conseillers d'État, de veilleurs de nuit, de patois allémanique, de pain noir Pumpernickel, de blondes filles de prédicateurs protestants. Je me languis aussi, je l'avoue, de ma mère que je n'ai pas revue depuis treize ans. *Ade* ma femme, ma jolie épouse, tu ne comprends rien à ma tristesse, je te serre de toutes mes forces sur mon cœur, et pourtant il faut que je te quitte. Un mal lancinant me chasse loin de mon pur bonheur. Il faut que je respire à nouveau l'air allemand si je ne veux pas mourir asphyxié. L'angoisse m'étreint comme une crampe. Mes pieds tremblent d'impatience de fouler le sol allemand. Je serai de retour avant la fin de l'année, guéri je te jure, et je t'achèterai les plus beaux cadeaux de Noël.

Dans sa préface, il exprime les craintes que lui inspirent la censure allemande et surtout les réactions des lecteurs. C'est qu'on a vite fait en Allemagne de le considérer comme un traître à la patrie, ce Juif qui a choisi la France ! « Tu déshonores nos couleurs et tu es tout prêt à céder le Rhin aux Français ! » va-t-on lui dire. Il répond à l'avance : « Je respecterai vos couleurs — noir, rouge et or — quand elles flotteront sur la libre pensée allemande. Je suis l'ami des Français comme de tous les hommes, russes, anglais, etc., quand ils respectent la liberté d'autrui. Quant au Rhin, rassurez-vous, il n'est pas question que je l'abandonne aux Français pour cette simple raison : c'est qu'il est à moi, le Rhin, c'est sur sa rive que se trouvait mon berceau à Düsseldorf, et je ne vois pas pourquoi il appartiendrait à des étrangers. L'Alsace et la Lorraine, c'est autre chose, voyez-vous. Il est difficile de rattacher ces provinces à l'Allemagne alors que leurs habitants se sentent et se veulent Français, ne fussent qu'en raison des lois nouvelles que la France s'est données. Faites des lois meilleures, plus justes, plus libres qu'en France et ces provinces vous appartiendront, et pas seulement elles mais toute la France, mais le monde entier. Voilà mon patriotisme à moi ! »

Et c'est le voyage qui commence, un voyage plein de découvertes et d'exclamations qu'il va nous raconter en vingt-sept chapitres.

Je voudrais encore attirer l'attention sur un curieux détail. *Deutschland, ein Wintermärchen* est divisé en vingt-sept chapitres que Heine appelle des *Kaput*. *Kaput* avec un seul *t*, c'est le latin *caput*, tête. Mais bizarrement Heine a choisi d'écrire son *Kaput* avec un K. Et alors tout naturellement on pense à *kaputt* avec deux *t*, « cassé, brisé, démoli », le mot le plus connu de la langue allemande. C'est le titre d'un roman célèbre de l'Italien Curzio Malaparte. Alors se pose la question : quel rapport étymologique y a-t-il entre le latin *caput* (tête) et l'allemand *kaputt* (brisé) ? Merci à celui qui me répondra !

*

On est en novembre, le mois le plus triste de l'année. Les dernières feuilles des arbres tombent mortes. Et voici la frontière. Ma parole, son cœur bat et il sent des larmes lui venir aux yeux. Il entend la langue allemande pour la première fois depuis treize ans et une petite fille chante en s'accompagnant de la harpe, comme Mignon, le petit personnage italien de Goethe. Elle chante, selon la religion officielle, la beauté du ciel et de l'au-delà et la laideur du monde réel. « Eh bien moi Heine, j'apprendrai au peuple une chanson toute contraire, je lui apprendrai à chanter la beauté du monde réel parce que ce monde possède assez de pain et de fleurs pour tous les hommes. Le ciel, nous le laisserons bien volontiers aux anges et aux moineaux. Ma chanson sera l'hymne de l'amour de la jeune fille Europe avec le génie Liberté. »

En attendant il faut passer la frontière, et les douaniers prussiens visitent ses bagages. Ils fouillent et flairent chemises, caleçons et mouchoirs, ils cherchent des bijoux et de la dentelle, marchandises interdites, et aussi des livres subversifs et censurés.

Pauvres fous qui cherchez dans mes bagages, c'est dans ma tête qu'il faut fouiller ! C'est là dans ma tête que se trouvent mes vrais bijoux, ma dentelle, mes livres subversifs et mes idées révolutionnaires !

Et voici maintenant Aix-la-Chapelle, la ville de Charlemagne, la capitale de l'Empire franc des VIIIe et IXe siècles. C'est là que le grand empereur s'est fixé en 794 faisant de la ville une Rome nouvelle. Il y est mort le 28 janvier 814. Ses reliques sont enfermées dans une châsse d'or déposée sous la coupole de la basilique octogonale. Je me suis promené une petite heure dans ces lieux tristes fréquentés par des officiers prussiens en manteaux gris à cols rouges. Le rouge, dit-on, c'est le sang des Français, mais on dirait vraiment que ces hommes ont avalé le bâton avec lequel on les a dressés dans leur enfance. Ils avaient avant mon départ une petite couette qui leur pendait dans le cou. Elle s'est transformée aujourd'hui en une moustache qui leur pend sous le nez. Et je découvre aussi le casque à pointe, une vraie résurgence du Moyen Âge, d'un romantisme agressif. Je crains seulement qu'en cas d'orage cette pointe d'acier n'attire la foudre sur la tête du bonhomme. Quant à l'aigle national qui me fixe haineusement du haut de son perchoir, j'en ferais volontiers un rôti après l'avoir tué et plumé.

À Cologne, j'ai retrouvé le grondement du Rhin et j'ai mangé une omelette au jambon arrosée de vin blanc qu'on vous sert dans des verres lourds et dorés. Le french cancan moyenâgeux a été dansé ici même par des moines et des nonnes. C'est là que des bûchers ont dévoré des hommes et des livres cependant que les cloches retentissaient et que la foule chantait le *kyrie eleison*. Heureusement, le grand Luther est arrivé et il a stoppé la construction de la cathédrale. C'est son principal mérite à cette cathédrale d'être inachevée. Cet inachèvement, c'est l'ouverture sur l'avenir, la liberté intacte de demain. Fasse le ciel qu'on n'achève jamais les cathédrales !

C'est là que reposent les trois Rois Mages dont les reliques ont été rapportées de Milan par Frédéric Barberousse au XIIe siècle. Ils venaient d'Orient, nous dit-on, ces rois mages. J'attends, moi, des rois mages qui viennent d'Occident apportant les cadeaux du progrès et de la vraie science.

Paganini était toujours accompagné de son *Spiritus Familiaris* qui prenait l'aspect tantôt d'un chien, tantôt du bienheureux George Harrys. Avant chaque grand événement, Napoléon voyait un homme en rouge. Socrate avait son démon qui n'était pas une phantasmagorie. Moi il m'arrive quand je suis assis à ma table la nuit d'apercevoir un visiteur déguisé se tenir derrière moi. Il cache quelque chose sous son manteau qui brille parfois et où j'ai fini par reconnaître une hache, la hache du bourreau. Il est de petite taille, ses yeux sont des étoiles. Il ne trouble jamais mon travail d'écrivain. Il y avait bien longtemps que je ne l'avais vu et voici qu'il m'apparaît dans la nuit lunaire de Cologne. Il me suivait comme mon ombre et s'arrêtait quand je m'arrêtais. C'est ainsi que nous arrivâmes place de la Cathédrale. Alors je me tourne vers lui et je lui demande qui il est et ce qu'il fait là à me fixer si durement. Dis donc ce que tu veux et ce que tu caches sous ton manteau. Il me répond : « Ne me prends pas pour un rêve, bien au contraire. Je suis de nature réaliste et pratique. Et sache-le : ce que tu conçois dans ta tête, moi je le réalise dans les choses. Tu es le juge, je suis l'exécuteur de tes jugements quand même seraient-ils injustes. Je suis ton licteur, je suis l'action de tes pensées. »

Je suis rentré à l'auberge et j'ai dormi comme un enfant bercé par les anges dans ces bons lits de plumes allemands sans rapport avec les durs matelas de l'exil. Les Français et les Russes possèdent le continent, les Anglais les mers, nous autres les Allemands nous possédons le domaine aérien des rêves. Et me voilà revenu dans mes rêves aux abords de la cathédrale de Cologne avec toujours mon sombre compagnon. J'étais mort de fatigue et mon cœur saignait, et il m'arrivait de tremper mes doigts dans le sang de mon cœur et d'en marquer telle ou telle porte close. Et aussitôt j'entendais une cloche funèbre retentir dans la nuit. Nous voici parvenus devant la cathédrale dont les portails étaient ouverts. Nous entrons dans la nuit constellée de cierges et de veilleuses, et nous nous avançons jusqu'à la chapelle des trois Rois Mages. Ô miracle, ils étaient assis tous trois sur leurs sarcophages !

Trois momies desséchées en grand apparat avec leur sceptre dans leurs mains osseuses. Ils sentaient l'encens et le moisi. L'un des trois me tient un discours, il exige mon respect, parce qu'il est mort, parce qu'il est roi, parce qu'il est saint. Je lui réponds qu'il appartient au passé et que sa place est dans son sarcophage. Place à l'avenir ! C'est alors que mon terrible compagnon lève sa hache et pulvérise les trois momies dont les restes jonchent le sol. Le bruit est terrible sous les voûtes de la cathédrale. Un flot de sang jaillit de mon cœur et je me réveille épouvanté.

Hambourg ! Voici enfin Hambourg ! Et
d'abord une visite inattendue au Neue Is-
raelistische Hospital, l'hôpital juif de la
ville. Heine le salue par ces mots :

> Un hôpital pour les Juifs pauvres et ma-
> lades, pour les enfants des hommes frap-
> pés d'une triple malédiction : la pauvreté, la
> souffrance physique et la judéité. La pire
> des malédictions, c'est la troisième, ce mal
> familial millénaire, cette plaie rapportée de
> la vallée du Nil, cette foi héritée de la vieille
> Égypte. Un mal profond et inguérissable
> contre lequel n'agissent ni les bains de vapeur,
> ni les douches, ni les appareils de la chirurgie,
> ni aucun médicament que cette maison mi-
> séricordieuse offre à ses visiteurs. Saluons
> avec reconnaissance pourtant le créateur de
> ce lieu de miséricorde, un homme d'action
> qui a fait ce qu'il pouvait pour soulager ce qui
> pouvait l'être. Gageons qu'il donna à la fois
> l'obole du bienfaiteur pour soigner toutes les
> maladies, mais aussi qu'il sut verser une
> larme sur la grande et inguérissable douleur
> de ses frères.

De Harburg à Hambourg, il faut à peine
une heure de voiture. Je suis arrivé le soir
alors que mille étoiles brillaient au ciel. L'air
était doux. Ma mère qui ne m'avait pas revu
depuis treize ans a failli s'évanouir de joie et

m'a demandé aussitôt ce que je voulais manger. Et sans plus attendre elle m'a apporté du poisson, une oie et de belles oranges. Elle voulait savoir si je ne manquais de rien à Paris, si ma femme savait faire la cuisine et raccommoder les chaussettes et les chemises. Et elle m'interrogea aussi sur mes idées politiques : étais-je de droite ou de gauche ? Je lui ai répondu que j'appréciais par-dessus tout les oranges à condition de manger leur pulpe et de laisser tomber les épluchures.

J'ai marché dans la ville. Elle est à moitié détruite et ressemble à ces chiens caniches qui sont à moitié tondus. Des ruelles entières ont disparu. Où est celle où j'ai connu l'amour pour la première fois ? Où est le pavillon où je mangeais des gâteaux ? Que sont devenus le Rathaus et le Sénat ? Les gens évoquent tous la catastrophe dont ils ne sont pas encore guéris. Ils parlent aussi de dons en nature et en argent qui ont afflué vers eux de toute l'Allemagne. Mais ces gens portaient tout leur malheur écrit sur la figure, des ruines humaines ambulantes. « Reconstruisez votre ville, bonnes gens, revenez aux bonnes recettes de la cuisine d'autrefois, mais prenez garde à la méchanceté de l'oiseau qui vient de pondre son œuf dans la perruque du nouveau bourgmestre. Quand je pense à cet oiseau, mon estomac se retourne de dégoût ! »

J'ai retrouvé brisé et vieilli le fonctionnaire qui censurait jadis mes écrits. Il était tout ému de me revoir, l'animal, il me serrait les mains, il m'aimait car je symbolisais pour lui le bon vieux temps, le temps de sa puissance sur moi. Et j'ai retrouvé aussi mon éditeur Campe, et il m'a traîné dans le meilleur restaurant et nous avons bu du vin du Rhin en mangeant les meilleures huîtres du monde.

J'étais ivre du bonheur de toutes ces retrouvailles le soir sur la Drehbahn. Je cherchais une âme sœur quand je vis dans un rayon de lune une femme majestueuse à la poitrine en forme de proue. Son visage était rond et respirait la santé, des yeux de turquoise, des joues comme des roses, une bouche comme une cerise, et le nez, mon Dieu, un peu rouge. Sa tête était couverte d'une capeline de lin blanc empesé avec des plis et des arrondis qui ressemblaient à des tourelles. Elle portait une tunique blanche qui lui descendait jusqu'aux mollets, et quels mollets ! On aurait dit des colonnes doriques ! Ses traits respiraient la simplicité la plus naturelle, mais son derrière surhumain trahissait un être supérieur. Elle m'aborda sans cérémonie et me dit :

« Sois le bienvenu au bord de l'Elbe. Je vois qu'au bout de treize ans tu n'as pas changé ! Tu cherches encore quelque compagnie en ces lieux, mais tu trouveras difficilement, crois-moi, en ces temps nouveaux !

— Qui es-tu donc, lui répondis-je, pour me connaître et me parler ainsi ? Où habites-tu et puis-je monter avec toi ?

— Tu te trompes, me dit-elle, je ne suis pas la péripatéticienne que tu espères. Sache-le, je suis Hammonia, la déesse tutélaire de Hambourg. Tu recules, tu trembles ! Oseras-tu encore m'accompagner chez moi ? »

J'étais comme frappé de stupeur, mais je sais faire face. Je trouvai la force de rire, et je lui répondis : « Je te suis, montre-moi le chemin, et j'irai s'il le faut avec toi jusqu'en enfer ! » Comment j'ai pu monter les escaliers étroits, je me le demande. Sans doute des esprits invisibles m'ont-ils aidé et porté. Et me voilà dans la chambrette d'Hammonia, et la déesse me manifeste une sympathie surprenante.

« Jadis, me dit-elle, j'aimais par-dessus tout le poète qui chantait le Messie sur sa lyre. Et tu vois sur la commode le buste de Klopstock, mais depuis des années il ne me sert plus qu'à poser mon chapeau. C'est toi mon préféré, et ton portrait est suspendu au-dessus de mon lit entouré d'un rameau de laurier. Mais franchement tu m'agaces parfois à harceler sans cesse mes enfants comme tu le fais. Il faut te modérer et faire preuve d'un peu plus d'indulgence pour ces fous.

— Oh ma déesse ! lui ai-je répondu, sache donc que c'est une irrésistible nostalgie qui m'amène. L'air léger de Paris finissait par m'asphyxier. J'avais besoin de l'odeur des feux de tourbes saxons et des tabagies prussiennes. Et revoir ma vieille maman. Et même — ô étrangeté — retrouver ces chemins où j'ai porté ma croix avec sur la tête ma couronne d'épines. Cette bizarre folie s'appelle je crois l'amour de la patrie. Mais si tu me soignes, je serai bientôt guéri. Fais-moi donc une tasse de thé et ne crains pas d'y ajouter un peu de rhum. »

La déesse m'a fait une tasse de thé et y a ajouté du rhum, et ma foi j'aurais bien bu le rhum sans le thé ! Puis elle a appuyé sa tête contre mon épaule au risque de déformer son bonnet.

« Reste donc avec nous, me dit-elle, ne retourne pas dans ce Paris de perdition parmi ces frivoles Français ! Nous avons fait des progrès, tu t'en es aperçu sans doute. La censure n'est plus ce qu'elle était. Et d'ailleurs ce n'était pas aussi affreux que tu le dis jadis. Nos juges ne condamnaient jamais sans raison, et jamais personne n'est mort de faim dans une de nos prisons. Nos vertus fleurissaient, la foi, la tendresse, alors qu'aujourd'hui règnent le doute et la contestation. Si tu savais te taire un peu, je te montrerais ce que contient le livre du destin, je te laisserais jeter un coup d'œil dans l'avenir tel que le révèlent mes miroirs magiques. L'avenir de notre patrie, cela t'intéresse-t-il ? Mais sauras-tu te taire ?

— Chère déesse, mais c'est mon vœu le plus ardent ! Voir l'Allemagne future, quel rêve ! Je te jure sur ce que j'ai de plus précieux — et j'ai levé la main — que je n'ouvrirai pas la bouche sur ce que j'aurai vu grâce à toi ! »

Les joues de la déesse étaient empourprées, et sans doute le rhum y était-il pour quelque chose. « Je me fais vieille, dit-elle. Ma mère était la reine des morues sur le marché aux poissons de Hambourg. Mon père était un grand seigneur. Il s'appelait Charlemagne, certes plus grand et plus sage que Frédéric le Grand de Prusse. Son trône royal se trouve à Aix-la-Chapelle, mais son autre trône, celui sur lequel il s'asseyait dans l'intimité, celui-là il l'a légué à ma mère, et ma mère me l'a légué à son tour. Tu le vois dans le coin de cette pièce, ce siège minable, crasseux et mangé des mites. Je ne m'en déferais pas, quand même les Rothschild m'en offriraient la totalité de leur fortune. Eh bien vas-y, approche-toi, soulève le couvercle et son coussin. Tu découvriras un seau en métal, le pot de chambre impérial, le pot magique où mijotent les germes de l'avenir allemand. Affronte les miasmes et les vapeurs toxiques qui s'en dégagent, et plonge ta tête dans cet orifice. Tu découvriras l'avenir de l'Allemagne. »

Je tremblais à la fois de peur et d'impatience et j'y fus, et je plongeai ma tête dans l'orifice maudit. Ce que j'ai vu, je ne le dirai pas, j'ai juré de me taire, mais ce que j'ai senti, je peux bien le dire. C'était une épouvantable puanteur, une pestilence qui me fit reculer et tomber aux pieds de la déesse.

Les bonheurs de Sophie

La comtesse de Ségur, née Sophie Rostopchine, a débuté tard dans la carrière des Lettres, puisqu'elle a publié son premier livre, *Nouveaux Contes de fées*, à l'âge de cinquante-sept ans. Mais quelle belle et passionnante vie a préparé cette vocation tardive !

Elle est née à Saint-Pétersbourg, le 1er août 1799 — la même année que Balzac —, le jour de la Sainte-Sophie de Constantinople. On la baptise le 9 août dans la chapelle royale du palais d'Hiver avec pour parrain le tsar Paul Ier, un tyran déséquilibré et imprévisible. Son père, le comte Fiodor Rostopchine, connaît les hauts et les bas d'une carrière soumise aux caprices du tsar. Sa position de favori est au zénith en cet été de 1799. En février 1801, il est jeté bas de son siège de Premier ministre et doit quitter Saint-Pétersbourg avec les siens. La famille s'installe à Voronovo, dans une propriété récemment acquise, située à une cinquantaine de kilomètres de Moscou. Le domaine est à l'échelle de la haute aristocratie russe : quatre mille paysans, vingt mille hectares de bois, autant de prairies, dix mille de labours. Le 20 mars, un message atteint Rostopchine : qu'il revienne d'urgence ! Il se précipite. Mais à Moscou, il apprend que le tsar a été assassiné dans des circonstances effroyables par des conjurés.

Le comte se jette avec fougue dans l'exploitation de son domaine. Pour en hâter la modernisation, il fait venir toute une famille écossaise — les Paterson — qui débarque avec une quantité d'outils aratoires propres à épouvanter les moujiks auxquels on les distribue. La comtesse de Ségur utilisera ses souvenirs « écossais » dans son roman *Un bon petit diable*, dominé par la terrible Mme Mac Miche.

Cependant le comte regrette la vie mondaine et politique. Il s'installe d'abord dans une somptueuse villa proche de la capitale, à Sokolniki, puis en plein centre de Moscou rue de la Loubianka. Son retour aux affaires est favorisé par la sœur du tsar Alexandre Ier, la grande-duchesse Catherine. En mars 1812 — la guerre menaçant de reprendre avec la France — il est nommé gouverneur de Moscou. Six mois plus tard, Napoléon marche sur la ville. Il y a été précédé par sa vieille ennemie, Germaine de Staël, qui, après avoir visité l'antique cité de bois enluminé, se rend en Suède dans l'intention de dresser contre lui Charles Bernadotte. Elle s'arrête à Sokolniki, et la jeune Sophie — qui a treize ans — dévore des yeux l'auteur de *Corinne* et l'amie de tous les grands écrivains de l'époque. Le 12 septembre, il faut partir. Le gouverneur fait à sa femme et à ses enfants des adieux déchirants, car il doute de jamais les revoir. Le soir du 16 septembre, Catherine Rostopchine et ses trois filles sont accueillies à Iaroslav — à une soixantaine de kilomètres de Moscou — par un riche bourgeois de la ville. Sophie est fascinée par une vaste lueur qui rougeoie à l'horizon : Moscou brûle. Après son baptême dans les bras de Paul Ier, à nouveau elle rencontre l'Histoire. On ne peut oublier que cette même nuit Stendhal parcourt les rues embrasées de la capitale russe. Peu après arrivent de sombres nouvelles. Les belles demeures de Sokolniki et de la Loubianka sont anéanties. Replié à Voronovo, Rostopchine incendie lui-même son beau château. Plus tard les historiens s'accorderont pour le tenir responsable de l'incendie de Moscou malgré un libelle qu'il publiera en 1823 pour se disculper. Lorsque Catherine et ses filles reviennent à Moscou le 19 novembre, elles ne reconnaissent ni la ville détruite ni leur père affreusement vieilli par l'épreuve. Il sera remplacé comme gouverneur de Moscou le 30 août 1814.

Ici une réflexion s'impose. Si nous évoquons Rostopchine en ces pages, c'est parce qu'il fut le père de la comtesse de Ségur, auteur de romans pour enfants. Ses compatriotes, et lui-même *a fortiori*, auraient vu là un paradoxe inacceptable. Pourtant tel est bien le privilège des écrivains : le présent peut bien appartenir aux hommes politiques, l'avenir est aux écrivains. « On dit aujourd'hui Stendhal et Napoléon, écrit Paul Valéry. Mais qui aurait osé dire à Napoléon qu'on dirait un jour : Stendhal et Napoléon ? » Rostopchine a été certes Premier ministre du tsar Paul Ier, puis gouverneur et incendiaire de Moscou, mais c'est comme modèle du général Dourakine, héros de *L'Auberge de l'ange gardien*, qu'il a droit à notre mémoire. On imagine mal sa stupeur si on lui avait révélé cet avenir, alors qu'il faisait sauter sa petite Sophie sur ses genoux.

Personnage d'importance historique donc, mais aussi personnalité bien curieuse, si l'on en croit ses contemporains, et notamment Chateaubriand qui le rencontra et qui écrit dans ses *Mémoires d'outre-tombe* : « On a vu à Paris le comte Rostopchine, homme instruit et spirituel : dans ses écrits, la pensée se cache sous une certaine bouffonnerie ; espèce de Barbare policé, de poète ironique, dépravé même, capable de généreuses dispositions, tout en méprisant les peuples et les rois : les églises gothiques admettent dans leur grandeur des décorations grotesques. » On entrevoit ici le passage possible vers le général Dourakine, ogre bonasse, goinfre et soupe-au-lait dont les éclats inoffensifs retentissent dans deux des romans de Sophie. Le général Dourakine est de la famille littéraire de Gargantua, de Falstaff et d'Ubu. Mais sa générosité et ses bons sentiments ne peuvent dissimuler sa niaiserie foncière. Personnage majeur de la comédie humaine de Sophie Rostopchine, il illustre parfaitement le féminisme agressif que Marc Soriano y a décelé. Pour Sophie, tous les hommes sont des imbéciles — quand ils ne sont pas franchement scélérats. L'intelligence et la sagesse sont des qualités exclusivement féminines.

S'agissant du prestigieux général Dourakine, on me pardonnera, je l'espère, de jeter une fragile passerelle entre lui et moi.

Dans le roman éponyme, nous apprenons qu'un personnage important voyageant en Russie à cette époque se faisait accompagner par un « feltyègre », policier qu'il rémunérait et grâce auquel il se faisait donner « sur la route les chevaux, les logements et ce dont il avait besoin ».

Je n'ai pas connu évidemment la Russie des tsars, mais du temps de l'Allemagne de l'Est (DDR) — pur produit de l'Union soviétique —, je faisais partie de l'*Akademie der schönen Künste* et j'y séjournais chaque année. Or dès mon arrivée, j'étais accueilli par un fonctionnaire de la Stasi — police politique — qui ne me lâchait pas pendant tout mon séjour. Bien sûr, il me surveillait (il ne m'avait pas caché qu'il rédigerait un rapport sur mon séjour après mon départ), mais aussi il me mettait à l'abri des contrôles et surtout il m'assurait la chambre et le couvert dans les hôtels. Je m'en suis d'ailleurs fait un ami, et je suis encore en rapport avec lui qui réside toujours à ex-Berlin-Est. J'ai fait des recherches sur le mot « feltyègre ». Je pense qu'il dérive de l'allemand *Feldjäger*. Inutile de préciser qu'à la différence du général Dourakine, je ne rémunérais pas mon « feltyègre ».

Le 8 octobre 1817, toute la famille s'installe à Paris, 21, rue du Mont-Blanc, devenue depuis rue de la Chaussée-d'Antin. Sophie a dix-huit ans. Sa sœur aînée vingt ans. Mais quel passé déjà derrière ces jeunes visages ! L'accueil qui leur est fait dans la société parisienne est mitigé : curiosité, admiration et secret mépris pour ces jeunes étrangères qui parlent avec l'accent russe et en roulant les *r*. Le jugement que Sophie porte sur les Parisiens est tout aussi nuancé. Le 15 août 1818, un fait-divers retentissant secoue les milieux huppés : Octave de Ségur, héritier d'une famille historique, désespéré des infidélités de sa femme Félicité, se jette dans la Seine. Il laisse trois fils, Eugène, Adolphe et Raymond. Tout le monde s'accorde pour accabler la veuve qui en est quitte avec un bref séjour dans un couvent. Les fils voient s'écarter d'eux la bonne société choquée par l'odeur de scandale qui les entoure. Les émigrés russes sont moins farouches. Eugène fait la connaissance des Rostopchine dans les salons de la riche Sophie Swetchine, rue de Grenelle. Il est séduit par le charme piquant de Sophie, sa vision originale des gens et des choses, son style excentrique. L'idée d'unir sa famille au descendant d'un maréchal de Louis XV ne déplaît pas à Rostopchine. Que l'oncle d'Eugène — le général Philippe de Ségur — se soit trouvé aux côtés de Napoléon dans le Kremlin cerné par les flammes qu'il avait allumées n'est pas non plus pour déplaire au « Barbare policé » décrit par Chateaubriand. Bref, le mercredi 14 juillet 1819 — ce jour de l'année est encore bien loin d'être celui de notre fête nationale —, Sophie devient comtesse de Ségur dans la chapelle privée du cardinal de La Luzerne, place du Louvre. C'est une sorte de consécration de son exil. En effet sa sœur aînée, mariée au prince Narychkine, est retournée en Russie. Ses parents vont la suivre en 1822 après la disparition du duc Armand de Richelieu, ministre de Louis XVIII qui avait toujours été le protecteur de Rostopchine. Sophie reste donc seule, mais elle s'emploie activement à créer sa propre société. Son premier bonheur est l'achat et l'installation des Nouettes près de L'Aigle. Mais surtout il y a son premier-né, Gaston. Ah celui-là, on pourra dire qu'elle l'aura chéri ! Ses lettres débordent d'éloges de Gaston. Il est beau, intelligent, affectueux, bon. Mais aussi sensible, vulnérable, pas très chanceux. À sept ans, il reçoit en pleine figure — au niveau des yeux — un coup de raquette de tennis qui l'étend raide et dont il gardera toute sa vie une balafre. Son jeu préféré, c'est de permuter de rôle avec sa mère : il la nourrit et la dorlote, elle se laisse faire docilement. Il est prodigieusement doué pour la musique et surtout pour le dessin. Mais l'éducation de ce temps est inexorable : malgré ses larmes — et celles de Sophie —, à six ans, on le met interne au collège de Fontenay.

Il faut s'attarder sur le caractère et le destin de Gaston, ne fût-ce que pour l'influence qu'il a eue sur l'œuvre littéraire de sa mère. À quinze ans, il quitte Fontenay pour entrer au collège royal de Bourbon à

Paris. Il fait son droit par docilité, mais c'est vers la peinture que sa vocation le pousse. C'est un être profondément troublé. D'après certains témoignages et ses propres déclarations, il y a tout lieu de croire qu'il aimait passionnément les garçons, penchant incompatible avec la société farouchement hétérosexualiste où il vivait et aux *a priori* de laquelle il adhérait sans réserve. Il a dix-sept ans quand une rencontre change sa vie. Il se prend d'amitié passionnée pour son cousin Augustin Galitzine, confit en dévotion. Avec lui il découvre les consolations de la prière et les âpres joies de la pénitence. Il s'inflige des sévices corporels pour châtier ses désirs diaboliques. Il se fouette jusqu'au sang. En 1847, il est ordonné prêtre. Dès lors sa carrière ecclésiastique va bon train. Il se voue à l'éducation de la jeunesse délinquante. Mais les mots sont impitoyables : il devient l'aumônier des « apprentis de la rue du Regard ». Son « regard » sur ces jeunes gens était-il impur ? Bientôt il doit abandonner ses fonctions en raison de troubles oculaires. Le mal progresse inexorablement et ira jusqu'à la cécité complète, mortification radicale. Sophie devient le guide indispensable du fils bien-aimé. Après avoir été attaché d'ambassade auprès du Saint-Siège, il est nommé en 1852 auditeur de Rote français avec l'espoir de devenir un jour cardinal. Il noue avec le pape Pie IX une amitié profonde. On parle de lui pour devenir grand aumônier de Napoléon III. Mais son infirmité fait obstacle à sa carrière. Il bénit cette nécessité d'abandonner ses beaux projets, de retourner à sa mère et de redevenir le confesseur sans regard des petits voyous parisiens.

Louis Veuillot, grand écrivain catholique officiel, en visite au château des Nouettes, avait eu l'occasion de lire un manuscrit, *Les Nouveaux Contes de fées*, que Sophie avait griffonné à l'intention de ses petits-enfants. Enthousiasmé, il le porte aux éditions Hachette, et le livre paraît pour la Noël 1856.

C'est le début d'une carrière autour de laquelle s'organise harmonieusement toute une vie. Elle écrit un à deux livres par an sous la direction spirituelle de Gaston qui leur insuffle une dose de religiosité que Sophie n'aurait pas trouvée en elle-même. Quand il n'aide pas sa mère, Gaston exerce son apostolat. Sa réputation de sainteté se répand. On vient de loin pour le consulter ou pour se confesser à lui. On lui attribue des miracles. Chaque matin, il donne la communion à sa mère.

Cependant la comtesse ne connaît ni trêve ni repos. Elle met un point final à un roman et, s'il lui reste une heure, elle en commence un autre. Sa correspondance a cependant de quoi surprendre quiconque s'intéresse aux aspects matériels de la profession. Un auteur d'aujourd'hui ayant une pareille production et un pareil succès commercial vivrait à grandes guides. Il n'en est rien pour la comtesse de Ségur, et on peut soupçonner son éditeur Hachette d'une âpreté qui frise la malhonnêteté. Car la famille Ségur vit mal. Eugène n'a jamais eu d'argent. Il y a entre Sophie et sa propre famille une sombre affaire de dot impayée. Elle se plaint dans ses lettres à tout un chacun, et elle a l'immense chagrin à la fin de sa vie de devoir vendre Les Nouettes. « Dans les bonnes années, Les Nouettes me rapportent en argent quatre mille francs et m'en coûtent neuf mille », écrit-elle. On se pose des questions. On aimerait connaître le détail du train de vie des Ségur.

Les rapports de la comtesse avec son éditeur ne sont pas troublés seulement par des problèmes financiers. On est consterné de lire dans ses lettres qu'Hachette ne se fait pas faute de censurer, tailler, affadir des textes dont la verdeur et souvent la brutalité font une partie du charme. Elle laissait naïvement transparaître dans ses histoires la mentalité archaïque de la vieille aristocratie russe. On est surpris de voir le général Dourakine recueillir et ramener en France illégalement un Polonais échappé d'un bagne de Sibérie où il avait été déporté pour avoir travaillé au rétablissement du royaume de Pologne. Quant aux mœurs qui transparaissent sous une mousseline furieusement conventionnelle, leur étrangeté fait le charme principal de cette œuvre. Il y a là parfois des cruautés, une vision pessimiste des gens et des choses, une noirceur qui surprennent dans des livres réputés « pour enfants ». Convenons cependant que c'est là le péché mignon habituel de ce genre de littérature. On nous dit « il était une fois », nous nous berçons de féeries et de douceurs, et tout soudain nous recevons en pleine figure des atrocités d'un réalisme insoutenable. C'est vrai en France de Charles Perrault et jusqu'à Benjamin Rabier, en Allemagne de Wilhelm Busch, en Italie de

Carlo Collodi. On dirait parfois que les écrivains considèrent l'enfant comme une petite brute sans entrailles qu'aucune horreur ne risque de rebuter.

La comtesse de Ségur n'échappe pas à la règle, et nous lui devons l'un des romans les plus noirs de notre histoire littéraire. Qu'il ait paru dans la Bibliothèque Rose est un paradoxe particulièrement savoureux, mais il convient de préciser qu'il est tout de même tenu quelque peu à l'écart, et au total presque inconnu, dans une œuvre d'une popularité éclatante. Dix ans avant les Rougon-Macquart de Zola, Sophie Rostopchine nous offre avec *La Fortune de Gaspard* (1865) un tableau d'un réalisme saisissant de la mainmise matérielle et morale de l'industrie naissante — en l'occurrence de la sidérurgie — sur la jeunesse rurale.

Tout commence comme dans *Le Rouge et le Noir* de Stendhal. Un brave homme de paysan maltraite son fils Gaspard qu'il prend sans cesse plongé dans des livres au lieu d'aider son frère Lucas aux travaux des champs. C'est que Gaspard tranche sur son milieu par son intelligence et par son ambition. Il méprise la condition paysanne et veut s'élever dans la société par tous les moyens. Son modèle est un certain Féréor — ancien artisan cloutier — qui a su créer dans le village une petite usine d'effilage et de profilage des métaux. Il est à la fois la providence du village qu'il fait vivre et un objet de haine en raison de la dureté avec laquelle il exploite ses ouvriers. Gaspard se fait embaucher par Féréor et il le sert avec un dévouement aveugle. Chaque soir, il a une sorte de rendez-vous secret — dans un « berceau de houx » — avec lui et il lui rapporte tout ce qu'il a surpris dans l'atelier, aussi bien comme négligences que comme propos dénotant un « mauvais esprit ». Et le lendemain les sanctions pleuvent impitoyablement sur les ouvriers. Gaspard ne manque jamais d'expliquer son propre comportement à son maître par des arguments qui tiennent de la déclaration d'amour : « Les affaires de Monsieur sont le plus grand intérêt de ma vie. Et puis la reconnaissance que je dois à Monsieur me rend désireux de me consacrer tout entier aux intérêts de mon bienfaiteur. » — « Les moments que je suis avec Monsieur sont les plus heureux de ma journée ; ils me font du bien au cœur. » L'auteur commente :

« Il éprouvait bien quelques remords de se faire ainsi le dénonciateur de ses camarades ; mais il les chassait promptement en se disant : Je veux être riche et puissant ; d'ailleurs je ne dis que la vérité ; je remplis mon devoir près de M. Féréor, tant pis pour eux s'ils ne remplissent pas le leur. » Il en vient à renoncer à aller voir ses parents le dimanche pour se consacrer ce jour aussi à son maître, « lui sacrifiant avec plaisir, disait-il, sa visite chez ses parents. Gaspard disait vrai ; son but principal étant la fortune et la position, il était réellement plus satisfait d'être aux ordres du vieux Féréor, qu'il commençait à aimer réellement et duquel dépendait son avenir, que d'aller voir ses parents qu'il n'aimait guère et qui lui étaient devenus inutiles ». En fait le sujet profond de ce roman, c'est l'adhésion progressive et lentement obtenue du cœur à une conduite dictée par l'intérêt le plus sordide. Marx a écrit des pages admirées sur le processus par lequel la bourgeoisie se fabrique une morale parfaitement adaptée à ses objectifs d'enrichissement économique. L'entreprise réussit au point que Féréor décide d'adopter Gaspard. La cérémonie est marquée par une fête à laquelle tout le village est contraint de participer et qui ressemble à une parodie de mariage d'amour. Le père et le fils adoptifs sont assis dans le chœur de l'église sur des fauteuils de velours et d'or. On chante un *Te Deum* et le curé célèbre la messe. Le soir à la maison, Féréor prononce des mots qui sont nouveaux dans sa bouche : « "Je suis heureux de ton bonheur ; j'aime à t'avoir près de moi ; en un mot je t'aime." M. Féréor en disant ces mots sentit ses yeux humides, lui qui n'avait jamais versé une larme, il se sentit ému. Son attendrissement toucha Gaspard ; il vit qu'un autre sentiment que l'ambition et l'intérêt personnel avait gagné son cœur. Sa reconnaissance était devenue une affection réelle et profonde. Cédant à cette émotion, il saisit la main de M. Féréor, et, se jetant dans ses bras, il l'embrassa à plusieurs reprises ; tous deux versèrent des larmes dans les bras l'un de l'autre. »

Cette inversion bénigne qui métamorphose les calculs les plus bassement intéressés en amour éthéré va se reproduire *in fine* en forme d'apothéose. On apprend soudain que l'entreprise Féréor est menacée par un concurrent particulièrement venimeux. L'ignoble Frölichein a mis au point un procédé de fabrication qui a des chances de couler les produits de l'usine Féréor. Gaspard et son père adoptif sont consternés. Il existe pourtant une planche de salut, mais combien coûteuse ! Frölichein a une fille, Mina, sans doute aussi affreuse que son père. Gaspard propose de l'épouser et de fusionner ainsi les deux entreprises grâce à un contrat de mariage très étudié. Féréor se récrie. Comment admettre un pareil sacrifice ? Gaspard insiste. Il n'a pas d'autre vie sentimentale que Féréor et ses affaires. « Notre usine est ma femme ; nos machines sont mes enfants, et le tout réuni est ma vie », affirme-t-il. Qu'importe l'affreuse Mina si ce mariage doit tout sauver ? Féréor est bouleversé. Il donnera en dot au jeune ménage la moitié de ce qu'il possède, soit cinq millions. « Gaspard lui baisa la main ; M. Féréor l'embrassa avec effusion. » Il n'empêche : Gaspard a des états d'âme. Il se promène jusqu'au fameux « berceau de houx » de leurs rencontres secrètes. « Je le paye cher, se dit-il, mais je le tiens ! Cinq millions ! Et autant après lui ! Ce pauvre père ! Que Dieu me le conserve ; je l'aime réellement de plus en plus. » Rarement

l'amour et l'argent auront été plus étroitement confondus !

Le mariage a donc lieu. Les jeunes gens
ne se sont jamais vus encore. Et c'est le
coup de théâtre. Quand il vit entrer Mina
dans la mairie, Gaspard « recula stupéfait.
Il avait devant lui la plus jolie et la plus gra-
cieuse figure qu'il fût possible d'imaginer.
Taille au-dessus de la moyenne, tournure
charmante, élégante et distinguée ; tête ra-
vissante, cheveux abondants, blonds cen-
drés, etc. » Féréor l'embrasse sur ses deux
joues fraîches et roses. « Merci, mon père,
dit Mina à voix basse ; ayez pitié de moi et
pardonnez-moi d'entrer de force dans
votre famille. » Pour Gaspard, c'est le coup
de foudre, mais c'est aussi toute sa vie qu'il
faut réorganiser. Il a relégué son épouse au
fond de la maison, bien décidé à continuer
à vivre au plus près de M. Féréor, l'homme
auquel il a dit un jour : « Vous remplacerez
la femme que je n'aimerai pas et l'usine
remplacera les enfants que je n'aurai pas,
j'espère. Vous voyez que nous continuerons
à vivre très heureux entre nous deux. » Et
voici maintenant qu'une femme adorable
se glisse entre eux ! Féréor est le premier à
lui faire la leçon : « Il faut que tu la traites

comme une charmante et aimable femme.
— Je ne pourrai jamais, j'ai peur d'elle !
gémit Gaspard. — Ça passera », lui promet
Féréor. Mais il faut qu'il se résolve à partager sa chambre, voire son lit... Et nous as-
sistons à la lente et pénible métamorphose
de la jeune brute en amoureux transi, puis
en tendre époux. L'influence bienfaisante
de Mina ne s'arrête pas au couple étrange
que formaient Gaspard et Féréor. Elle
s'étend à tout le pays. « Féréor, amélioré
par l'exemple de son fils et de sa fille, devint la Providence du pays après en avoir
été l'oppresseur. Mina obtint sans peine
que les ouvriers eussent leur dimanche entièrement libre... Tout le pays changea
d'aspect ; les cafés fermèrent faute de prati-
ques ; l'église devint trop petite pour la population qui s'y pressait. On ne trouvait
plus dans la commune un seul individu qui
ne fît pas ses Pâques et qui ne sût lire. »

On sourit. On songe à la règle du jeu for-
mulée par Flaubert à propos de son *Diction-
naire des idées reçues* : faire en sorte qu'à
chaque ligne le lecteur se demande si on
parle sérieusement ou si on se moque de lui,
et qu'à aucun moment il ne puisse répondre à cette question. Bien malin qui pourra

à son tour faire la part de la rouerie et celle de la naïveté dans cette incroyable aventure de Gaspard dont toutes les vilenies conspirent à son salut moral et au bonheur de tous !

Le grand bonheur de Sophie, c'est sans doute de nous donner pour notre joie et pour notre perplexité un écheveau de malice et de candeur si bien enchevêtré qu'il ne nous est pas possible de le démêler.

Toute son existence — que nous découvrons dans sa correspondance — ressemble à cet écheveau. Nous y lisons une inaltérable naïveté jointe à une lucidité sans faiblesse, une confiance absolue dans la vie, un amour du destin — *amor fati* —, la conviction enfantine que le mal finit toujours par servir le bien, un courage inépuisable dans les pires épreuves. Comment ne pas aimer et admirer cette grande et vieille dame qui n'hésite pas à écrire à son petit-fils au milieu des ruines fumantes de la défaite de 1871 : « Dans peu d'années, nous serons comme le Phénix qui renaît de ses cendres plus glorieux que jamais. »

Jules Verne
ou le Génie de la géographie

Géographie, cela signifie étymologiquement : écriture de la terre. Nous sommes renvoyés par là à une distinction littéraire qui peut paraître élémentaire, voire simpliste : les écrivains inspirés par l'histoire et les écrivains inspirés par la géographie. Cela remonte très loin, jusqu'à Homère au moins, écrivain double puisque l'*Iliade* est une légende historique alors que l'*Odyssée* est une épopée géographique. Il serait facile de poursuivre l'opposition de siècle en siècle jusqu'à Alexandre Dumas, par exemple, et Jules Verne ou Pierre Loti. Ajoutons qu'il est absurde de ne désigner par le mot « paysagiste » que des peintres. Paysagistes, les écrivains le sont — ou ne le sont pas — à leur manière. Il serait intéressant d'écrire l'histoire du paysage à travers la littérature française.

Le plus grand écrivain-géographe de notre littérature est à coup sûr Jules Verne. Soixante-quatre romans, l'équivalent quantitatif de l'œuvre de Balzac — et l'opposition de ces deux géants ne manque pas d'intérêt. L'histoire n'est qu'une suite de guerres, de violences et d'atrocités. Le théâtre de Shakespeare est d'une extrême noirceur, car tout y est histoire. Il y gagne un certain prestige, car le noir évoque les abîmes de la profondeur (« le noir est toujours habillé », dit-on). Au contraire l'écrivain-géographe est possédé par une passion juvénile de la découverte aventureuse. Les beautés des paysages qu'il parcourt sont sa récompense et celle de son lecteur. Il n'y a pas de lecture plus roborative que celle de Jules Verne, mais bizarrement ce trait lui est reproché. On déplore son orientation résolument extravertie. Avec lui on est à l'opposé des subtilités de Mallarmé et des analyses de Proust. Freud et sa psychologie des profondeurs n'a pas davantage de place ici. Seul existe le monde extérieur au sens le plus vaste du mot. Si vous voulez tout savoir sur l'Australie ou la Nouvelle-Zélande, lisez *Les Enfants du capitaine Grant*. Quant aux personnages verniens, ils sont tout

d'une pièce, totalement bons ou totalement méchants, et ils se meuvent en vertu
des ressorts les plus conventionnels.

C'est à cette première vue que s'arrêtent
les lecteurs les plus hâtifs de Jules Verne. Ils
en concluent qu'il s'agit d'un écrivain « pour
la jeunesse », donc de deuxième, voire de
troisième ordre. Il y aurait beaucoup à cor-
riger ici. On pourrait par exemple observer
que cette géographie est bien évidemment
une géographie hantée. Si nous sommes
aux antipodes de la littérature intimiste, il
n'en reste pas moins que le cœur n'est pas
absent du monde vernien. Le cœur y est,
oui, mais c'est dans une planète, sur un îlot
rocheux, dans les abysses de la mer ou au
fond d'une mine qu'il bat. Il n'est que d'y
aller.

Il y a une littérature intimiste. Dans un
deuxième cercle, on trouverait le thème de
la maison, enfantine, magique ou hantée.
Chez Verne, il faut tracer un troisième cercle et admettre que c'est le paysage tout entier qui est hanté. Nemo hante l'océan,
Silfax hante les mines des *Indes noires*, Vas-
ling hante les glaces polaires, etc. Et ces
personnages fantomatiques sont en possession d'un double trésor qui s'appelle bon-

heur et connaissance. C'est à la quête de ce Graal et de cette Toison d'or que nous invitent les romans de Jules Verne.

On ne donnerait pas une idée fausse de la philosophie en disant qu'elle arbitre le duel qui oppose dans la connaissance le sujet connaissant et l'objet connu. Ce duel peut se conclure par le primat total de l'un des termes sur l'autre. Quand l'objet l'emporte totalement sur le sujet, on parle de *réalisme absolu*. C'est la philosophie adoptée implicitement — et même inconsciemment — par les scientifiques. Selon cette vue, la rationalité est le privilège exclusif du monde extérieur. Les choses sont par elles-mêmes totalement rationnelles. Elles sont rationnelles jusqu'à l'os, bien que d'une façon de plus en plus subtile et fine à mesure que l'on pénètre leur structure. Toute l'irrationalité se trouve du côté du sujet connaissant, magma grouillant d'ignorances, de superstitions, affections et autres formes de vésanies. L'histoire de la science n'est que celle de l'autonettoyage du sujet qui doit à force de discipline se débarrasser de tout ce fatras pour devenir totalement transparent à l'ordre du monde.

À l'opposé de ce réalisme absolu, l'*idéalisme absolu* — d'un Malebranche ou d'un Berkeley — dénie toute sorte de réalité au monde extérieur. Les choses n'ont d'existence qu'autant qu'elles sont perçues (*esse est percipi*) et leurs qualités découlent entièrement de l'activité du sujet. Toutes les théories de la connaissance se situent quelque part entre ces deux extrêmes.

Vue sous cet angle, l'œuvre de Jules Verne relève tout entière de la philosophie et sa forme romanesque elle-même peut se ramener à une quête de la rationalité par un sujet connaissant héroïque affrontant des terres et des mers inconnues pour les conquérir. C'est la présence et l'aventure de ce sujet qui dramatisent la géographie et la physique élémentaires auxquelles sans lui se ramènerait toute l'œuvre de Verne. C'est elle qui la sauve de l'exposé didactique pur, lequel n'en reste pas moins la substance et la récompense du récit.

Il faut évoquer ici le thème récurrent du « cryptogramme ». Certains romans commencent par la découverte d'un document écrit — incomplet ou chiffré — dont le déchiffrement va jouer un rôle décisif dans l'affabulation. On songe évidemment aux lettres incompréhensibles de *La Jangada* ou au grimoire runique découvert à Hambourg par le professeur Otto Lidenbrock qui va déclencher tout le *Voyage au centre de la Terre.* Il apparaît que ce grimoire donne la clef de l'exploration du centre de la Terre : il n'est que de se laisser glisser dans la cheminée d'un volcan situé en Islande. On parviendra ainsi au centre de la Terre. On constate ensuite que cet Otto Lidenbrock dissimule sous les apparences d'un rat de bibliothèque un formidable aventurier rompu à toutes les performances physiques et prêt à toutes les audaces.

Plus révélateur encore, le coup d'envoi des *Enfants du capitaine Grant.* Là, c'est un message rédigé en trois langues, trouvé dans une bouteille, laquelle voyageait dans l'estomac d'un requin. Or l'humidité a détruit en partie le texte de ces trois versions, et il subsiste des ambiguïtés sur le lieu où se trouve le naufragé qui a envoyé ce message. Dans un cas comme dans l'autre, il s'agit pour les chercheurs de faire coïncider un texte écrit énigmatique avec la réalité géographique et humaine.

On reconnaît l'un des traits essentiels du problème de la connaissance : notre esprit étant en possession de telle ou telle faculté, comment va s'effectuer la connaissance des objets extérieurs ? Certes, ni le réalisme absolu ni l'idéalisme absolu ne poseraient le problème en ces termes, puisque le sujet dans l'idéalisme, l'objet dans le réalisme s'étalent seuls et souverainement. Jules Verne opte pour un dualisme dont l'un des termes est le cryptogramme, l'autre la réalité géographique.

Notons que ce schéma romanesque trouve son modèle insurpassable dans le *Don Quichotte* de Cervantès. En effet, quel est le moteur de ce grand récit classique ? Don Quichotte a la tête farcie de récits de chevalerie. Peu à peu l'idée s'impose à lui de vérifier dans la vie réelle la valeur de ces vieilles histoires. Donc il revêt une armure, s'arme d'une lance et part à l'aventure sur son vieux cheval. On connaît la suite.

Cette entreprise donquichottesque est celle de plus d'un héros vernien, et notamment de Phileas Fogg. Ce maniaque de l'exactitude connaît par cœur tous les horaires des trains et des bateaux du monde. Il a pu ainsi combiner sans sortir de son bureau un tour du monde qui durerait quatre-vingts jours, soit 1 920 heures,

15 200 minutes, ni plus ni moins. Cela, c'est la connaissance purement *a priori*. « Théoriquement vous avez raison, lui dit l'un des membres du Reform Club, mais pratiquement ? » Fogg va donc confronter sa théorie avec la pratique et se heurter du même coup à toutes les infidélités que le monde empirique inflige à la pensée pure.

L'antagonisme se traduit par deux concepts qui bizarrement sont traduits par deux mots dans les langues anglo-saxonnes et par un seul mot dans les langues latines. Le *temps* en français désigne l'heure qu'il est à ma montre et la couleur du ciel. En anglais, on dit *Time* et *Weather*, en allemand *Zeit* et *Wetter*. Ce tour du monde, c'est la lutte de *Time* contre *Weather*, car les retards pris par les trains et les bateaux sur leur horaire sont presque toujours dus aux intempéries. En somme Fogg va faire le tour du monde *contre vents et marées*. On notera en marge ce détail amusant : Jules Verne a choisi d'appeler son héros *Fogg* (brouillard), tandis que son domestique grâce auquel il va gagner finalement son pari a pour vertu principale la *débrouillardise*.

Le caractère philosophique de ce roman d'aventures est couronné par un coup de théâtre qui sort tout droit de la *Critique de la raison pure* de Kant. Le philosophe allemand nous explique en effet que le temps et l'espace, même réduits à leurs dimensions les plus purement théoriques, n'en sont pas moins des intuitions de la sensibilité qui ne peuvent se réduire aux concepts de la raison abstraite. Le temps et l'espace, il faut les vivre avec nos yeux et nos muscles, aucune construction abstraite ne remplacera cela. Et il nous donne l'illustration saisissante de son propos : « Si le monde entier se composait d'un seul gant encore faudrait-il que ce fût un gant droit ou un gant gauche, et cela la raison seule ne le comprendra jamais. »

Fogg en fait l'expérience dans la dernière page du roman. Il a donc accompli le tour du monde et le voilà revenu à Londres. Mais son carnet de voyage est formel : il a voyagé 81 jours, donc il a perdu son pari et il est ruiné.

C'est alors qu'intervient le génial Passepartout. On est dimanche 21 décembre. La date limite des 80 jours c'était le samedi 20 décembre. Passepartout sort pour prévenir le révérend Samuel Wilson du prochain mariage de Fogg avec la char-

mante Mme Aouda qu'il a sauvée du bû-
cher. Il revient essoufflé et échevelé comme
un fou. On n'est pas dimanche, on est samedi ! Le révérend n'est pas chez lui. Mais
le tour du monde a été bouclé en 80 jours
et le pari est gagné !

C'est que Fogg a voyagé d'ouest en est, à
l'inverse du mouvement du Soleil, et il a
ainsi gagné 24 heures. Mais il doit se rendre
immédiatement au Reform Club pour pro-
clamer son succès et toucher les 20 000 livres qui le rembourseront de ses frais de
voyage.

*

Time or weather ? Le conflit entre un groupe
humain et un milieu défavorable peut se
résoudre au bénéfice des membres de ce
groupe par la construction d'un « biotope »
artificiel en totale rupture avec le milieu.
Ce sera par exemple un village complexe
comprenant maisons luxueusement meu-
blées et jardins verdoyants construits sur un
radeau (en espagnol *jangada*) qui va des-
cendre lentement (un à deux kilomètres à
l'heure) le cours de l'Amazone sur des milliers de kilomètres. Il s'agit en fait d'un

train de bois précieux acheminés vers la mer pour y être vendus. Ce village flottant sera habité par une population — maîtres et ouvriers — de près de deux cents personnes.

Une autre solution pour échapper aux agressions du milieu, c'est la profondeur, l'enfouissement sous la mer ou sous la terre. Le sous-marin *Nautilus* est un véritable paradis à l'abri du déchaînement de tous les éléments, vents, tempêtes, incendies. « Si tout est danger sur un de vos navires soumis aux hasards de l'Océan, explique le capitaine Nemo, si, sur cette mer, la première impression est le sentiment de l'abîme... à bord du *Nautilus* le cœur de l'homme n'a plus rien à redouter. Pas de déformation à craindre, car la double coque de ce bateau a la rigidité du fer ; pas de gréement que le roulis ou le tangage fatigue ; pas de voiles que le vent emporte ; pas de chaudières que la vapeur déchire ; pas d'incendie à redouter puisque cet appareil est fait de tôle et non de bois ; pas de charbon qui s'épuise puisque l'électricité est son agent mécanique ; pas de rencontre à redouter puisqu'il est seul à naviguer dans les eaux profondes ; pas de tempête à braver, puisqu'il trouve à quelques mètres au-dessous des eaux l'absolue tranquillité. » Le fond des océans offre à celui qui consent à y habiter toutes les satisfactions qu'on trouve moins facilement à la surface de la Terre : promenades, pêche, chasse, cuisine, spectacles grandioses et surtout connaissances scientifiques irremplaçables. Un piano-orgue permet d'y faire entendre des œuvres de Weber, Rossini, Mozart, Beethoven, Haydn, Meyerbeer, Herold, Wagner, Auber, Gounod. « Ces musiciens, ajoute Nemo, ce sont les contemporains d'Orphée, car les différences chronologiques s'effacent dans la mémoire des morts — et je suis mort, Monsieur le Professeur, aussi mort que ceux de vos amis qui reposent à six pieds sous terre. »

En effet, le « bonheur enfoui », c'est le bonheur dans l'au-delà, à l'abri de toutes les vicissitudes de l'existence.

*

Si reposer à six pieds sous la mer, c'est être mort, que dire des hommes et des femmes qui séjournent en permanence à mille cinq cents pieds de profondeur ? C'est pourtant à ce niveau que l'ancien mineur Simon Ford vit avec toute sa famille dans un « cottage » au fond de la mine désaffectée Dochart. Une mine désaffectée ! Jules Verne fait passer dans les premières pages des *Indes noires*[1] toute la tragique poésie de ces lieux maudits. Huit ans avant le célèbre *Germinal* d'Émile Zola[2], il saisit toute la force symbolique des mines de charbon et la terrible emprise qu'elle exerce sur le destin des hommes qui y travaillent. On en retrouve quelque chose aujourd'hui dans le véritable chagrin que manifestent nos derniers mineurs à la fermeture de leurs puits.

Ce fameux « cottage » de la famille Ford offre au contraire tous les avantages d'un lieu de séjour idéal, et ses habitants ne souhaitent nullement remonter à la surface. « "Aller là-haut ? À quoi bon ?" répétait-il, et il ne quittait pas son noir domaine. Dans ce milieu parfaitement sain, d'ailleurs soumis à une température toujours moyenne, le vieil *overman* ne connaissait ni les chaleurs de l'été, ni les froids de l'hiver. Les

1. On appelait « Indes noires » les charbonnages d'Écosse en raison de la source de richesse qu'ils représentaient pour la Grande-Bretagne
2. *Les Indes noires*, 1877 ; *Germinal*, 1885.

siens se portaient bien. Que pouvait-il dési-
rer de plus ? » On retrouve ici le thème
récurrent chez Verne du bonheur par éli-
mination des intempéries.

Mais aussi ces lieux sont hantés. Les mineurs ont déserté les mines qu'on disait
épuisées. De tout le personnel qui s'est af-
fairé des années durant dans ces noirs
dédales, le plus étrange était certes « le pénitent de la houillère ». On l'appelait ainsi
« parce qu'il portait une grande robe de
moine. À cette époque, on n'avait d'autre
moyen de détruire le mauvais gaz qu'en le
décomposant par de petites explosions,
avant que sa légèreté l'eût amassé en trop
grandes quantités dans les hauteurs des ga-
leries. C'est pourquoi le pénitent, la face
masquée, la tête encapuchonnée dans son
épaisse cagoule, tout le corps étroitement
serré dans sa robe de bure, allait en ram-
pant sur le sol. Il respirait dans les basses
couches dont l'air était pur, et, de sa main
droite, il promenait en l'élevant au-dessus
de sa tête, une torche enflammée. Lorsque
le grisou se trouvait répandu dans l'air de
manière à former un mélange détonant,
l'explosion se produisait sans être funeste,
et, en renouvelant plusieurs fois cette opé-

ration, on parvenait à prévenir les catastrophes. Quelquefois le pénitent, frappé d'un coup de grisou, mourait à la peine. Un autre le remplaçait ».

Et le dernier pénitent est toujours là. Il vit retiré au plus profond du fin fond de la mine, à demi fou, jaloux jusqu'au crime de son domaine souterrain. C'est Silfax, le sinistre, toujours accompagné de son oiseau de malheur, un harfang. Sa connaissance mètre par mètre de la mine lui permet les coups les plus meurtriers contre ceux qu'il considère comme des envahisseurs.

Or ce Silfax a une arrière-petite-fille, Nell, fleur des ténèbres, car elle est née dans la mine et n'a jamais vu la lumière du jour. À sa grande colère, elle le trahit et passe à l'ennemi, faisant échec aux pièges et catastrophes de son invention. C'est qu'un tendre amour est né entre elle et Harry, le fils du vieux Simon Ford. Rien de plus fantastique que cette idylle, car elle évoque la légende d'Orphée et d'Eurydice, avec cette variante : Orphée, au lieu de ramener Eurydice sur la terre, est séduit par la beauté des Enfers et choisit d'y demeurer avec celle qu'il aime. Quant à Silfax, « roi de l'ombre et du feu », c'est Pluton régnant

sur les Enfers avec son oiseau de nuit per-
ché sur son épaule. Nell va-t-elle trahir sa
sombre patrie et se laisser séduire par les
enfants du soleil ? L'épreuve doit être ten-
tée, et elle donne lieu à des pages qui sont
parmi les plus belles de la littérature universelle.

Harry va donc mener Nell à la surface de
la terre. Il va lui montrer les fleuves et les
étoiles, les forêts et les lacs. Les deux amoureux émergent de la mine en pleine nuit
de façon à épargner à la jeune fille le choc
de la lumière. Mais bientôt c'est l'aurore.
« À travers les paumes de ses mains, Nell
percevait encore une lueur rose qui blan-
chissait à mesure que le soleil s'élevait au-
dessus de l'horizon. Son regard s'y faisait
graduellement. Puis ses paupières se soule-
vèrent, et ses yeux s'imprégnèrent enfin de
la lumière du jour. La pieuse enfant tomba
à genoux, s'écriant : "Mon Dieu, que votre
monde est beau !" »

À la fin de cette terrible épreuve, Harry
lui pose la question fatidique : « Nell, ma
chère Nell, bientôt nous serons rentrés dans
notre sombre domaine ! Ne regretteras-tu
rien de ce que tu as vu pendant ces quelques heures passées à la pleine lumière du

jour ? — Non Harry, répondit la jeune fille. Je me souviendrai, mais c'est avec bonheur que je rentrerai avec toi dans notre bien-aimée houillère. »

Cependant Jules Verne fait tout pour nous convaincre qu'il n'y a rien de suicidaire dans cette volonté d'enfouissement. La mine ne se réduit pas à des couloirs de taupinière. Nous voyons s'esquisser une géographie souterraine qui est comme un négatif en quelque sorte du monde de la surface. Par exemple une capitale se construira, elle s'appellera évidemment *Coal City* et se posera en rivale d'Édimbourg, cette cité soumise aux froids de l'hiver, aux chaleurs de l'été, aux intempéries d'un climat détestable, et qui, dans une atmosphère encrassée de la fumée de ses usines, justifie trop justement son surnom de Vieille-Enfumée (*Auld Reeky*). Ainsi Jules Verne ne recule pas devant ce paradoxe inouï : pour respirer de l'air pur, descendez au fond de la mine. Vision encore plus fantastique quand il nous explique que la future maison des amoureux se dressera au bord de la mer. Car une caverne immense recouvre d'un ciel de granit une véritable mer souterraine sur laquelle on peut naviguer à l'abri de toute tempête.

Trait pour trait Jules Verne construit ainsi un double idéal de notre monde, idéal et donc enfoui, placé hors de portée des vicissitudes de notre vie superficielle. Ce monde idéal — comparable au monde des idées de Platon — est aussi bien entendu le monde de la connaissance scientifique, car l'ivresse du savoir s'ajoute à la paix ineffable des profondeurs.

Lewis Carroll au pays d'Alice

Le 4 juillet 1862 devrait figurer parmi les grandes dates de la littérature universelle. C'est ce jour-là en effet que Lewis Carroll naviguant en barque sur la rivière Isis avec les petites Liddell leur raconta les aventures d'Alice sous terre. Cette histoire devait devenir *Alice au pays des merveilles* et paraître en 1865 entre un traité de géométrie euclidienne et un recueil de formules de trigonométrie plane.

Quel étrange personnage en vérité que ce *clergyman*, professeur de mathématiques à l'université d'Oxford ! Il était né le 27 janvier 1832 à Daresbury dans le Lancashire. Son père était pasteur de la paroisse et féru de mathématiques. Il donna à Lewis deux frères et huit sœurs. Tous présentaient deux particularités communes, ils étaient bègues et gauchers. Ce bégaiement empêcha Lewis de prêcher dans son temple. On peut — si l'on veut ! — trouver là l'origine d'un thème récurrent dans son œuvre, l'inversion, le renversement gauche-droite, avant-après, cause-effet — ainsi que celui du miroir qui reproduit le monde à l'envers.

On notera que J.-K. Huysmans — qui ne cite jamais Carroll — a consacré son œuvre majeure *À rebours* (1884) à un héros, Des Esseintes, qui adopte ce même parti pris du « tout-à-l'envers ».

Gilles Deleuze a brillamment analysé cette attitude de L. Carroll dans sa *Logique du sens* : « Dans *Alice*, comme dans *De l'autre côté du miroir*, il s'agit d'une catégorie "de choses très spéciales" : les événements, les événements purs. Quand je dis "Alice grandit", je veux dire qu'elle devient plus grande qu'elle n'était. Mais par là même aussi, elle devient plus petite qu'elle n'est maintenant. Bien sûr ce n'est pas en même temps qu'elle le devient. Elle est plus grande maintenant, elle était plus petite auparavant. Mais c'est en même temps, du même coup, qu'on devient plus grand qu'on n'était, et qu'on se fait plus petit qu'on ne devient. Telle est la simultanéité d'un devenir dont le propre est d'esquiver le présent. En tant qu'il esquive le présent, le devenir ne supporte pas la séparation ni la distinction de l'avant et de l'après, du passé et du futur. Il appartient à l'essence du devenir d'aller, de tirer dans les deux sens à la fois : Alice ne grandit pas sans rapetisser, et inversement. Le bon sens est l'affirmation que, en toutes choses, il y a un sens déterminable ; mais le paradoxe est l'affirmation des deux sens à la fois. »

Il est vrai qu'Alice est soumise à une série d'épreuves qui ressemble très fortement à une douloureuse initiation. Elle est entraînée dans un trou par un lapin, elle se noie dans ses propres larmes, elle voit ses jambes s'allonger démesurément, etc. Il y a une cruelle ironie à appeler cela « le pays des merveilles ». De quoi s'agit-il en vérité ?

Ici il faut rappeler l'étrange passion que nourrissait Lewis Carroll pour les petites filles. Selon une formule très dans son style, il déclarait : « J'adore les enfants à l'exception des petits garçons. » Ses meilleures heures, il les passait avec une véritable cour de fillettes de moins de dix ans. À un ami qui lui demandait si ces éternelles bambines dont il s'entourait ne l'excédaient pas quelquefois, il répondit : « Elles sont les trois quarts de ma vie », mentant pudiquement sur ce quatrième quart qui leur appartenait sans doute aussi. Toujours soucieux de nouvelles conquêtes, il se déplaçait rarement sans une mallette de jouets et de poupées destinés à affriander la petite fille de ses rêves au cas où il l'aurait rencontrée dans l'omnibus ou dans un jardin public. Il tenait salon au milieu de ses petites amies dont les parents étaient absolument exclus. Thé, papotages, jeux, histoires fantastiques, boîtes à musique faisaient passer le temps très vite.

Mais là aussi la barrière de l'âge était infranchissable. Carroll l'écrit en toutes lettres : « La petite fille devient un être si différent lorsqu'elle se transforme en femme que notre amitié, elle aussi, est obligée d'évoluer. En général cette évolution se traduit par le passage d'une intimité affectueuse à des rapports de simple politesse qui consistent à échanger un sourire et un salut quand nous nous rencontrons. » Oui, la puberté constituait une catastrophe qui rejetait l'enfant adorée dans l'enfer de la sexualité et brisait tout rapport avec elle.

Dès lors on est tenté d'interpréter les mésaventures d'Alice comme une chute dans les ténèbres du sexe. Appeler cet enfer « le pays des merveilles » est une inversion ironique tout à fait dans le style habituel de Carroll.

Heureusement il y a la photographie qui arrête l'évolution fatale et fixe la fillette dans son vert paradis. Parmi les « jeux » rituels de sa cour, Carroll plaçait une séance de photographie — rendue fastidieuse et fatigante par le matériel de l'époque — qui constituait en quelque sorte la prestation obligatoire de son harem miniature. Lui-même, d'une main tremblante de joie, déshabillait ses adulées pour les déguiser en Chinoises, en Turques, en Grecques ou en Romaines. Les plus aimées étaient envoyées à une amie, Miss Thomson, qui se chargeait de les photographier nues selon les instructions du révérend. Inutile d'ajouter que ces clichés-là ont été détruits après sa mort.

Érotisme ? Certes, mais de l'espèce la plus haute, érotisme-amour, érotisme-tendresse qui engage toute la vie d'un homme de génie et se cristallise en une œuvre sublime.

Alphonse Daudet
ou l'Envers du moulin de Fontvieille

Alphonse Daudet quitte le collège d'Alès où il est pion et s'installe à Paris chez son frère Ernest le 1er novembre 1857. Il a dix-sept ans. Ce petit provincial a tout à apprendre de la vie en général et de la vie parisienne en particulier. L'initiation est brutale. La société « artiste » où il est plongé forme un extraordinaire bouillon de culture d'une prodigieuse fécondité où se côtoient peintres, musiciens, poètes, dramaturges, romanciers et bien entendu journalistes. Il découvre les milieux politiques en devenant en 1860 le secrétaire du duc de Morny, président du Corps législatif. On ne saurait rêver une éducation plus complète. Zola, son exact contemporain, cet autre Aixois Paul Cézanne — qui sera ulcéré par le roman de Zola L'Œuvre où il appa-

raît comme un « génie raté » —, Baudelaire,
Maupassant, Verlaine, Feydeau et bien
d'autres composent une société où se mê-
lent le génie, le talent, mais aussi la misère
et l'échec dont Edmond de Goncourt tient
le journal d'une main impitoyable.

Il faut ajouter que cette société « bohème » est ravagée par deux maladies incu-
rables et mortelles, la tuberculose et la
syphilis. Le nombre de leurs victimes n'est
cependant pas comparable. C'est que la tuberculose s'attrape en respirant, tandis que
la syphilis implique généralement des rapports sexuels variés — ce qu'on appelle joli-
ment le « vagabondage sexuel » —, privilège
d'une société affranchie et flottante. On
observe également que la syphilis est entou-
rée d'un étrange silence — c'est un mal
sale et honteux, situé dans les bas-fonds de
l'organisme — tandis que la tuberculose pul-
monaire possède ses lettres de noblesse
dans le théâtre et le roman. De *La Dame aux
camélias* de Dumas fils à *La Montagne magique*
de Thomas Mann en passant par *L'Aiglon*
de Rostand, le bacille de Koch est présen-
table. De Chopin qui se mourait de
« consomption », Sophie d'Agoult disait avec
ravissement : « Je trouve qu'il tousse avec

une grâce exquise ! » Le tréponème au contraire est passé sous un silence pudique.

Il est infiniment probable que le jeune Daudet s'est trouvé « marqué » dès les premières années de son séjour parisien. Maupassant considérait qu'il s'agissait là d'une véritable « initiation » à la vraie vie. Il le paya très cher ! Le mal est lent, mais inexorable et sans espoir. À partir de 1885, et pendant les douze années qui lui restent à vivre, Alphonse Daudet lui consacrera l'essentiel de son temps et de son attention.

Dès lors on n'échappe pas à une question fondamentale : comment a-t-il pu faire le tableau avec un réalisme minutieux d'une société dévorée par ce fléau sans y faire la moindre allusion ? Car on peut lire *Sapho* à la loupe, apparemment la syphilis ne s'y trouve nulle part. Quel paradoxe ! Notre hypothèse est simple, et nous la formulerons d'entrée de jeu : si la syphilis n'est pas citée dans le roman, c'est qu'elle en constitue le seul et unique sujet. Sapho n'est que la personnification de la syphilis. Sapho = Syphilis.

Essayons toutefois d'en faire la genèse.

Il est admis qu'outre de nombreuses liaisons sans lendemain, Alphonse Daudet a vécu principalement jusqu'à son mariage en 1867 avec Marie Rieu, connue dans le « monde » sous le nom du « Chien vert » ou du « Monstre vert ». Elle vivait auparavant avec le célèbre photographe Nadar. Ce serait elle le modèle de Sapho. Dans son *Journal*, en date du 28 mars 1880, Goncourt en fait un portrait effrayant :

Daudet se met à parler du Chien vert, de ses amours avec cette femelle folle, enragée, détraquée, dont il a hérité de Nadar. Des amours fous, suant d'absinthe et, de temps en temps, dramatisés par des coups de couteau, dont il nous montre la marque sur une de ses mains. Il nous peint en pasquinant cette triste vie avec cette femme, dont il n'a pas le courage de se détacher et à laquelle il reste noué un peu par la pitié qu'il a de sa beauté disparue et d'une dent de devant qu'elle s'est cassée avec un sucre d'orge. Quand il s'est marié, quand il a fallu rompre avec elle, il nous dit l'avoir menée sous prétexte d'un dîner à la campagne, en plein bois de Meudon, redoutant ses emportements dans un endroit habité. Là, au milieu des arbres sans feuilles, quand il lui a dit que c'était fini, la femme s'est roulée à ses pieds dans la boue, la neige avec des mugissements de jeune taureau, entremêlés de « Je ne serai plus méchante, je serai ta domestique… ».

Puis après cela, un souper où elle mangea comme un maçon dans une espèce d'effarement stupide.

Les années passent. La transmutation de la réalité en fiction romanesque s'élabore. Cette transmutation, Goncourt y est opposé. En date du 20 février 1884, il rapporte un entretien qu'il a eu avec Zola au sujet du roman en cours de rédaction de Daudet :

> Il voudrait dans l'intérêt du livre que la femme fût la souillon qu'elle était, une souillon présentée au public au milieu d'un morceau des mémoires de l'auteur et sans composition et dans le style léger, rapide, courant de ses dernières préfaces. Il a peur qu'il ennoblisse la créature, qu'il en fasse une fille d'une sphère supérieure... Et à propos de la vertu qu'il a la toquade de fourrer dans un coin de ses romans, nous nous entendons pour dire que sa vertu est toujours en toc et que ses meilleurs types sont des corrompus, par la raison qu'il est le plus complet et le plus charmant type de corruption morale qu'il y ait au monde.

La dureté de ce jugement ne doit pas faire oublier les sentiments de tendre amitié qui unissaient Goncourt à Daudet. Edmond de Goncourt était extrêmement lié à son jeune frère Jules. Il eut le très profond chagrin de le perdre en 1870. On peut considérer qu'il reporta sur Alphonse Daudet — de dix-huit ans plus jeune que lui — une part de cette affection. Goncourt mourut d'ailleurs le 16 juillet 1896 à Champrosay chez Daudet. Mais l'esprit naturaliste a ses obligations...

À cela il faut ajouter la déchéance inexorable de Daudet sous l'influence de sa maladie. Il fait à Lamalou-les-Bains des séjours de cure qui sont un véritable martyre. On s'en convaincra en lisant *La Doulou,* le journal qu'il y a tenu et qui fut publié par sa femme après sa mort. Le grand prêtre de cette maladie, c'est le célèbre docteur Charcot. C'est lui qui révèle à Daudet que son mal est à la fois incurable et mortel. Daudet écrit :

> Il paraît que j'en ai pour la vie. Maintenant que je sais que c'est pour toujours — un toujours pas très long, mon Dieu ! — je m'installe et je prends de temps en temps ces notes avec la pointe d'un clou et quelques gouttes de mon sang sur les murailles du *carcere duro.*

On notera cependant, non sans un brin de joie maligne, que ce même Charcot devait mourir en 1893, soit quatre ans avant Daudet.

Il poursuit :

> Grands sillons de flammes découpant et illuminant ma carcasse... Brûlure des yeux. Douleur horrible des réverbérations.
>
> ...
>
> Quelquefois sous le pied, une coupure fine, fine — un cheveu. Ou bien des coups de canif sous l'ongle de l'orteil. Le supplice des brodequins de bois aux chevilles. Des dents de rat très aiguës grignotant les doigts de pied.
>
> Et dans tous ces maux, toujours l'impression de fusée qui monte, monte, pour éclater sur la tête en bouquet. « Processus » dit Charcot.
>
> ...
>
> Dans ma pauvre carcasse creusée, vidée par l'anémie, la douleur retentit comme la voix dans un logis sans meubles ni tentures. Des jours, des longs jours, il n'y a plus rien de vivant en moi que le souffrir.
>
> ...
>
> — Qu'est-ce que vous faites en ce moment ?
>
> — Je souffre.
>
> ...
>
> *Il Crociato.* Oui, c'était cela, cette nuit. Le supplice de la Croix, torsion des mains, des

pieds, des genoux, les nerfs tendus, tiraillés à éclater. Et la corde rude sanglant le torse, et les coups de lance dans les côtes. Pour apaiser ma soif sur mes lèvres brûlées dont la peau s'enlevait, desséchée, encroûtée de fièvre, une cuillerée de bromure iodé, à goût de sel amer : c'était l'éponge trempée de vinaigre et de fiel.

Et j'imaginais une conversation de Jésus avec les deux Larrons sur la Douleur.

...

Piqûre de morphine. Plusieurs fois faite à un certain endroit de la jambe : picotement suivi d'une insupportable brûlure dans le dos, le haut du torse, à la face, aux mains. Sensation sous-cutanée, sans doute superficielle mais terrorisante : on sent l'apoplexie au bout.

Écrit pendant l'une de ces crises.

...

Ô ma douleur, sois tout pour moi. Les pays dont tu me prives, que mes yeux les trouvent dans toi. Sois ma philosophie, sois ma science.

...

La douleur à la campagne : voile sur l'horizon. Ces routes, ces jolis tournants n'éveillent que l'idée de fuite. S'évader, échapper au mal.

...

Bains de boue dans une forêt du Nord. Installation bizarre. Une rotonde vitrée sur le marais de boue noire où l'on vous enfonce péniblement. Sensation délicieuse de cette glu chaude et molle par tout le corps ; les uns en ont jusqu'au cou, d'autres jusqu'aux bras ; on est là une soixantaine, pêle-mêle, riant, causant, lisant grâce à des flotteurs en planche. Pas de bêtes dans la boue, mais des milliers de petites jaillissures chaudes qui vous chatouillent doucement.

...

Devant la glace de ma cabine, à la douche, quel émaciement ! Le drôle de petit vieux que je suis tout à coup devenu ! Sauté de quarante-cinq à soixante-cinq. Vingt ans que je n'ai pas vécus.

...

Les soirs de morphine, effet du chloral. L'Érèbe, le flot noir, opaque, plus de sommeil à fleur de vie, le néant. Quel bain, quelles délices quand on entre là-dedans ! Se sentir pris, roulé.

*

Sapho pourrait donc se résumer en l'histoire d'un jeune provincial-provençal pur et naïf qui tombe entre les mains d'une « créature » parisienne particulièrement perverse. Il s'agirait là d'une « lecture » superficielle, voire malveillante (voir Goncourt). Quant à la Provence, il n'a jamais été dans l'esprit de

Daudet d'en faire un tableau idéalisé. Même les *Lettres de mon moulin* ne sont pas dépourvues d'une certaine noirceur. En 1897, année de la mort de l'auteur, il fait paraître une sorte de testament intitulé *Le Trésor d'Arlatan.* L'image qu'il y donne de la Provence a de quoi terrifier. Le narrateur ayant connu à Paris un chagrin d'amour vient se réfugier dans une cabane de bouvier camarguais. Il espère que le grand souffle pur et glacé du mistral va dissiper les miasmes accumulés dans son cœur. Mais il s'en faut qu'il trouve dans la Camargue une terre de belle et grande santé. Il s'agit bien plutôt d'un marécage grouillant de moustiques sur lequel flottent des exhalaisons putrides. Les habitants sont secoués par des accès de fièvres tropicales. Un témoin[1] rapporte ce récit de Daudet lui-même :

> Il y a un quart d'heure — davantage sans doute — le domestique est entré dans ce bureau pour m'apporter, comme chaque soir, la petite tasse de moka qui me soutient au cours des heures parfois bien longues, bien lourdes de ma nuit.

1. Cité dans *Alphonse Daudet, bohème et bourgeois,* par Wanda Bannour (Perrin éd.).

— Votre café, Monsieur, bien chaud, ne le laissez pas refroidir.

Sans doute est-ce qu'il a dit, mais je voyais remuer les lèvres d'un inconnu, sans qu'aucun son ne me parvînt ; m'efforçant de parler je n'arrachai de mes lèvres qu'un inintelligible bredouillement. Je regardais autour de moi. Les murs de la pièce s'étaient subitement effondrés, je me trouvais dans une lande où l'ouragan, un ouragan glacé, tel celui où croisent les djinns, hurlait lugubrement. Au-dessus de ma tête passaient des ombres... grinçantes... immondes... horrifiantes. Des goules qu'on eût pu dire à visage humain si, à la place de la bouche, ne se fût étalé un sexe d'où s'échappait un flot de paroles obscènes, cruelles... Et soudain, je l'ai vu... Là !

D'un doigt tremblant, Alphonse désignait le mur.

— Livide, immense, saignant sur la croix... le Christ... la bouche tordue dans un rictus de douleur... Il me semble avoir pensé : quoi ? ça, un dieu ? Un dieu sourit, danse, rayonne de quiétude et de sérénité ! Et puis... Et puis... j'ai découvert que Son visage était le mien !

*

Non la Provence, ce n'est pas le Paradis perdu des amours enfantines, loin s'en faut.

Et à l'inverse le Paris que découvre le jeune Jean Gaussin en suivant Sapho, ce n'est pas un simple et puant cloaque. Oh certes il est horrifié par les révélations que sa maîtresse lui fait touchant ses parents, ce père, cocher de fiacre à la « face bouffie, apoplectisée d'alcool », qui ne cesse de répéter parce que c'est sa fierté « toujours bon fouet, bonne mèche », et surtout cette ribambelle d'anciens amants qui la félicitent du beau jeune homme avec laquelle ils la retrouvent.

Mais Fanny n'a rien de commun avec le « Monstre vert ». C'est au fond une brave fille et une fille brave, généreuse et intelligente à sa façon. Le Paris que nous découvrons avec elle est celui des impressionnistes, La Grenouillère, les canotiers de la Marne et Le Moulin de la Galette de Renoir, les barques d'Argenteuil et de Bougival de Claude Monet. L'épisode de la partie de campagne à Saint-Clair dans la vallée de Chevreuse et la nuit passée dans une grange avec une équipe de maçons sont purement et simplement heureux. Certes elle n'est plus jeune et elle connaît avec Jean son dernier amour alors que lui connaît son premier amour avec elle. Trente-six ans

après le roman de Daudet — en 1920 —
Colette reprend ce même sujet dans le
même milieu parisien « artiste » avec *Chéri*.
Et puis il y a la visite merveilleuse et émer-
veillée de l'oncle Césaire, ce demi-fou surgi
de Provence et qui se trouve de plain-pied
avec Fanny, sa « nièce », parce qu'ils sont
de la même espèce. Finalement Fanny se
lassera de cet amant trop jeune et elle lui si-
gnifiera son congé dans une lettre d'une
douceur et d'une beauté admirables. Il faudra attendre *La Fin de Chéri* de Colette
(1926) pour savoir comment se termine ce
genre d'amours auxquels le sentiment maternel ajoute une dimension délicieuse et
dangereuse.

Karl May, voleur, mythomane
et conteur de génie

Karl May est né en 1842 et il est mort en 1912. C'est l'écrivain le plus populaire de la littérature allemande. Populaire, certes, puisque les quatre-vingt-dix-neuf volumes de son œuvre ont été traduits en cinquante-sept langues et vendus déjà à quatre-vingts millions d'exemplaires dans les pays de langue allemande. Il était le cinquième enfant d'une famille qui devait en compter quatorze. Ses parents étaient tisseurs, et bien entendu c'était la misère dans ce petit bourg de Saxe, Ernstthal, comme dans toute l'Europe pour cette profession socialement exemplaire. Pendant des années l'enfant est atteint de cécité par suite de conditions de vie lamentables.

Rien d'exceptionnel dans ces prémisses, hélas. En revanche les réactions de l'adoles-

cent à cette misère sont tout à fait remar-
quables. Elles sont de deux ordres, et se
succèdent avec une période de confusion.
La première, c'est le vol et la mythomanie.
Le mythomane n'est pas un menteur ordi-
naire : il fabule. Il se fait le héros d'une fiction à laquelle il s'efforce de faire croire
autour de lui, sans doute afin d'y croire lui-
même. Quant au vol, ce n'est que de la mythomanie agie. Paul Valéry a écrit : « Le voleur est un comédien. Il fait comme si la
chose lui appartenait. » À dix-sept ans, May
est chassé pour vol de l'école normale
d'instituteurs de Waldenburg. À vingt ans,
il fait pour vol six semaines de prison à Alt-
chemnitz. À vingt-deux ans, il est remis en
prison à Waldheim pour quatre années. Il
est libéré, mais demeure deux ans encore
sous contrôle judiciaire. Nous sommes en
1875 et Karl May connaît enfin la première
chance de sa vie. L'éditeur H. G. Münch-
meyer — de Dresde — l'engage comme écrivain salarié et publie ses premiers ouvrages.
Mais May n'en a pas tout à fait fini avec la
prison, il y retournera encore pour trois semaines en 1879. Pourtant il s'est fixé à
Dresde depuis deux ans et est devenu écrivain indépendant.

Je laisse aux psychologues le soin de définir la relation bien évidente entre les deux carrières de Karl May, celle de monte-en-l'air et celle d'écrivain. Je note simplement que la plupart de ses romans s'intitulent *Récit de voyage* (*Reiseerzählung*) et sont rédigés à la première personne, alors que May les a écrits sans avoir quitté sa Saxe natale. Il ne fera que deux voyages importants, l'un en 1900, en Orient — il a alors cinquante-huit ans —, l'autre aux États-Unis, en 1908.

Il serait bien sûr dérisoire de chercher les traces d'une idéologie dans cette masse inépuisable de péripéties, d'épisodes et de rebondissements. Certes Winnetou, l'Indien de la Prairie, incarne le « bon sauvage » tel que l'a rêvé Jean-Jacques Rousseau et fait vivre dans le Nouveau Monde Fenimore Cooper (1789-1851). On relève ici et là un certain mépris à l'égard des « métis », sans que pour autant la « race pure » soit nulle part célébrée. C'est assez subtil et non sans intérêt. D'un personnage issu d'un croisement entre Anglais et Indienne, Karl May note : « Il rassemblait les qualités physiques et les défauts moraux de ses parents. » La formule est bien remarquable. Elle laisse croire que le métissage est profitable pour le corps, mais pernicieux pour l'âme. La présence dans le même individu de gènes différents en ferait une sorte de surhomme. Celle de deux cultures, un sous-homme. On rappellera peut-être que Napoléon, Staline et Hitler étaient des métis culturels avant de devenir les bouchers de leur pays d'adoption. Seuls certains artistes peuvent profiter du mélange de deux — ou plusieurs — cultures, mais en consacrant toute leur vie à transformer en avantage ce qui est au départ une infirmité. La théorie est intéressante, mais je ne me ferai pas tuer pour la défendre…

Karl May a épuisé, après Cooper, la veine du western littéraire. Ses deux principaux héros, l'indien Winnetou et l'Anglais Old Shatterhand — l'homme qui assomme son ennemi d'un seul coup de poing —, se dressent comme les deux figures mythologiques de l'Ouest américain. On parlera de western-choucroute, comme on a parlé de western-spaghetti à propos de Sergio Leone. Mais il est bien vrai que Leone a mis un point final à l'histoire cinématographique du western en tournant *Il était une fois dans l'Ouest.* Ce qui en ressort, c'est que le western n'est en rien une spécialité exclusivement américaine. Ni la choucroute ni le spaghetti n'empêchent ses racines de se trouver en Europe pour autant que les trappeurs, cow-boys, chercheurs d'or et autres aventuriers venaient d'Angleterre, d'Irlande, d'Allemagne, de France et d'Italie. Si cette vérité avait besoin d'un animal emblématique, on choisirait le cheval, symbole du western, mais qui n'existait pas dans le Nouveau Monde, et y fut importé par les colons européens.

Selma Lagerlöf, la grande dame qui venait du froid

Le Merveilleux Voyage de Nils Holgersson de Selma Lagerlöf. Le livre est là sur mes genoux, splendide dans sa reliure de cuir. Je revois mon père me l'apportant, au retour de son travail, dans ma chambre à Saint-Germain-en-Laye. C'était en 1932, j'avais donc neuf ans. Je crois bien que j'étais malade. Éditeur Librairie Delagrave, 15, rue Soufflot, Paris. Illustrations à la plume de Roger Reboussin (il est actuellement disponible aux éditions Actes Sud).

Ce livre fétiche ne m'a jamais quitté. Il a traversé déménagements, pillages et bombardements de la guerre, cambriolages et incendies de la paix. C'est le numéro 1 de ma bibliothèque. Par lui, en effet, je suis entré en littérature. J'ai pour la première fois découvert ce qu'était un grand texte et que si je faisais quelque chose de bien de ma vie, cela ressemblerait à ce livre.

Son origine mérite d'être rappelée. Il y avait à Paris, il y a un peu plus de cent ans, un célèbre professeur de philosophie qui s'appelait Alfred Fouillée et qui s'était fait une spécialité du philosophe martyr du XVIe siècle, Giordano Bruno. Son épouse devait s'ennuyer. Comme elle n'était pas sotte, elle eut l'idée d'un petit livre patriotique — la France était encore mal ressuyée de la défaite de 1871 — qui serait une sorte de guide à travers les provinces françaises. Deux frères venus de Phalsbourg — ville lorraine symbolique — y faisaient office de découvreurs des richesses et des beautés de leur patrie, prairies, montagnes, ports, artisanats, industries, etc.

Le livre parut en 1877 sous le pseudonyme facétieux de G. Bruno. Titre : *Le Tour de la France par deux enfants.* Il devint un classique obligé et fut tiré à des millions d'exemplaires. On continue à le réimprimer chaque année en France[1].

Bien entendu ce petit livre parvint en Suède. Et c'est ainsi que Selma Lagerlöf —

1. Librairie Eugène Belin.

prix Nobel 1909 — eut l'idée d'écrire un récit équivalent, la découverte par un enfant de sa patrie suédoise et norvégienne — les deux pays n'étaient pas encore séparés.

Le 20 novembre, comme chaque année à pareille date, une petite foule recueillie et fervente se réunit à Mårbacka, domaine situé dans le village d'Ostra Amtervik, à environ deux cents kilomètres à l'ouest de Stockholm. J'ai fait moi-même le pèlerinage à cette demeure où l'écrivain est née le 20 novembre 1858 et où elle est morte le 16 mars 1940.

Elle était le quatrième enfant du lieutenant Erik Gustaf Lagerlöf et de son épouse Louise Wallroth. Comme beaucoup d'écrivains universels, elle s'enracina très profondément dans sa province natale, ce Värmland riche en légendes et en récits réalistes et fantastiques à la fois. Après la mort du père en 1885, la vieille maison familiale dut être vendue. Selma Lagerlöf en souffrit cruellement et n'eut de cesse de pouvoir la racheter dès que ses droits d'auteur le permettraient, ce qui fut fait en 1907 grâce à *Nils*.

Parmi les faits marquants de son enfance, il faut noter une atteinte de poliomyélite à l'âge de trois ans qui la laissa infirme pour toujours. Cette disgrâce contribua sans doute au repliement sur elle-même et à la solitude qui profitèrent à l'édification de son œuvre. Elle fit des études à l'École normale de Stockholm et enseigna de 1885 à 1895 à l'école de filles de Londskrona, capitale de la Malmö.

C'est en 1891 que paraît son premier roman *La Saga de Gösta Berling,* une vaste fresque paysanne et forestière où le réalisme minutieux s'allie à un lyrisme religieux. Cette dimension religieuse de son inspiration fut favorisée par son amitié avec l'écrivain israélite Sophie Elkan avec laquelle elle voyagea en Méditerranée. Il en sortit des récits mystiques : *Les Légendes du Christ, Jérusalem, Le Charretier de la mort,* etc.

Mais rien n'égale la popularité du *Merveilleux Voyage de Nils Holgersson.* C'est que nulle part Selma Lagerlöf n'a uni aussi heureusement les deux veines de son inspiration, le réalisme et le fantastique. En effet, l'aspect féerique d'une histoire se traduit presque toujours par un appauvrissement lamentable de sa richesse documentaire. Les contes des *Mille et Une Nuits* ne nous apprennent presque rien sur la vie au Caire et en Arabie au Moyen Âge. Et quand je lis dans *Cendrillon* que la bonne fée transforme d'un coup de baguette magique une ci-trouille en carrosse, je me dis qu'il serait plus intéressant d'apprendre comment on fabri-quait réellement un carrosse en ce temps-là. Ici l'*Encyclopédie* de Diderot est irrempla-çable, mais y a-t-il un auteur moins féerique que Diderot ?

C'est tout l'inverse qui se produit avec *Nils.* Parce qu'il a été magiquement trans-formé en nain grand comme le pouce par un « tomte », il voit s'ouvrir à lui des champs de connaissance d'une richesse surhumaine. Ici pour la première fois la magie est un instrument de connaissance du réel. Nils voit toutes choses grossies comme par une loupe. Il comprend le langage des ani-maux. Et surtout il peut monter sur le dos d'une oie et découvrir ainsi son propre pays, c'est le cas de le dire, « à vol d'oiseau ».

Ajoutons que ce livre incomparable est semé de détails et d'épisodes de toute beauté. Chaque soir, le nain fait son lit dans les grandes ailes chaudes de son oie, et l'on voit ses deux minuscules sabots posés aux pieds de l'oiseau.

L'un des aspects les plus troublants de l'initiation de Nils par ses oies, c'est la place prédominante de la vie nocturne à laquelle il participe. Selma Lagerlöf a parfaitement vu que les hommes n'ont presque pas, à quelques exceptions près, de vie nocturne. La nuit est faite pour dormir, sauf pour les malfaiteurs et les mauvaises femmes. Nils n'avait pas failli jusque-là à la règle. Maintenant qu'il est devenu l'égal d'un animal sauvage, il découvre les mystères et les illuminations des heures nocturnes. Certes, il y a les méfaits des prédateurs nocturnes, hiboux, renards ou fouines. Minuit, c'est bien connu, c'est l'heure du crime, et il n'est pas rare qu'un cri de mort déchire le silence de l'obscurité. Mais cette obscurité elle-même connaît d'étranges métamorphoses, car nous sommes en été, dans l'extrême Nord, en ces terres magiques illuminées par le soleil de minuit. J'ai connu moi-même cette féerie en Islande, c'est une expérience unique, car il faut bien comprendre que la nuit reste la nuit — avec son repos, son silence, son sommeil — malgré le soleil qui brille au ras de l'horizon.

Le printemps est célébré par des parades nuptiales et des danses de séduction. Nous voyons ainsi les corneilles se livrer à un ballet aérien, les lièvres faire résonner le sol de leurs pattes frénétiques, les coqs de bruyère laisser traîner leurs ailes au sol en écarquillant l'éventail de leur queue. Mais rien n'égale le ballet aérien des grues, ces oiseaux vêtus de gris, aux ailes ornées de longues plumes flottantes, une aigrette rouge sur la nuque. Il y a dans leurs vols une sauvagerie et une langueur amoureuses qui se communiquent à toute la faune présente.

C'est surtout l'histoire de l'aigle Gorgo que j'aime. Gorgo est enfermé dans une cage avec quelques congénères. Nils entreprend de limer les barreaux de la cage. Il se fait rabrouer par l'aigle captif. « Arrête de faire ce bruit, laisse-moi dormir, je plane, je plane... » Car Gorgo a été abruti par sa captivité. Il ne songe plus qu'à dormir, à rêver, à planer dans l'imaginaire. Il ne suffit pas pour Nils de limer les barreaux de la cage, il faut encore qu'il arrache l'aigle à sa torpeur et l'oblige à prendre son vol dans un espace réel. Admirable parabole ! Il y a peu un adolescent est venu me trouver. Il voulait qu'on parte ensemble dans un périple ahurissant qu'il avait imaginé. Sans moi, rien n'était possible. Il me secouait « Allez ! Fais pas ton vieux ! » J'ai pensé à Gorgo, bien que je ne sois pas un aigle...

Pour saluer Gédéon, le petit canard jaune de Benjamin Rabier

Benjamin Rabier est né en 1864 à La Roche-sur-Yon d'un père menuisier, mais ses parents s'installent à Paris, sur les Buttes-Chaumont, quand il a cinq ans. C'est là qu'il vit et observe les violences du siège de Paris et de la Commune. Son art de dessinateur s'oriente très vite vers des thèmes animaliers, et il illustre une édition des *Fables* de La Fontaine et du *Roman de Renart*. Il publie bientôt de nombreux albums dont il signe le texte et les illustrations, et dont le héros principal est le petit canard jaune Gédéon[1].

Sa vision du monde se résume dans la bonhomie souriante des animaux, et une humanité vue de loin et comme de dos,

1. Albums de *Gédéon* (Hoëbeke éd.).

mais dont les traits caractéristiques sont la bêtise, la laideur et la férocité. L'un de ses rares albums purement humains, *Le Fond du sac*, comprend une historiette pompeusement intitulée *Civilisation*. Les deux personnages en scène sont un Nègre en costume de clown et un Blanc botté et coiffé d'un casque colonial. « Je vais te civiliser », dit le Blanc. « D'abord tu vas cirer mes bottes. Ensuite tu vas me porter sur ton dos. Puis tu vas chasser les mouches pendant que je mange. Enfin tu vas recevoir cinquante coups de bâton. » Et il s'en va en fumant son cigare et en laissant le malheureux Noir saignant et loqueteux. Publié en 1921, alors que la « mission civilisatrice de la France » en Afrique ne faisait de doute pour personne, cet album dut laisser pantois plus d'un jeune lecteur.

Tout autre est la petite société animale des forêts et des basses-cours. « Dessiner des bêtes, c'est l'enfance de l'art, a écrit Rabier. Leur donner une expression triste ou joviale, tout est là. Or si l'on peut dresser un chien à faire le beau, à sauter dans un cerceau ou à traîner une petite voiture, il faut une patience à nulle autre pareille pour le faire rire ou pleurer. Passe encore

pour un chien, mais faire rire une vache ! »
Le fait est que Rabier entrera dans l'histoire comme le dessinateur qui a su inscrire
toutes les émotions sur les visages des bêtes : peur, étonnement, joie, tristesse, colère,
etc.

L'œuvre la plus connue de Benjamin Rabier reste bien sûr cette fameuse « vache
qui rit » dont le mufle hilare continue à
orner certaines boîtes de fromage. Guillaume
Villemot et Vincent Vidal ont consacré tout
un album aux innombrables avatars et
contrefaçons que connut ce sympathique
animal[1].

On peut noter que ce dessin offre un
bon exemple — que plus d'un enfant re-
tient — d'une mise en abîme (André Gide
voulait qu'on l'orthographiât « mise en
abyme »). Il s'agit d'une petite image
contenue dans l'image, et qui reproduit
cette dernière. La vache de Rabier porte
donc en boucles d'oreilles deux boîtes du
fameux fromage. La boîte de gauche est
vue de profil, mais la droite nous montre
clairement son couvercle avec la fameuse
vache portant à son oreille droite la même

---

1. *La Chevauchée de la vache qui rit* (Hoëbeke éd.).

boîte, etc. *Abîme* vient du grec et veut dire « sans fond ». Il est à ce propos surprenant que Racine — qui avait fait du grec — ait laissé échappé dans *Athalie* cet alexandrin malencontreux :

Que du fond de l'abîme entr'ouvert sous ses pas,

La mise en abîme creuse en effet dans un dessin un trou sans fond où l'œil s'enfonce dans une perspective infinie. Rien n'est simple avec Rabier. Sa vache n'est pas seulement le symbole maternel et rigolard qui rassure. Son « abîme » lui ajoute une touche de diablerie, et comme une dimension métaphysique.

Rudyard Kipling et l'infini indien

Le nom de Kipling est indissociable du continent indien. Il est né le 30 décembre 1865, à Bombay, où son père enseignait à la Jeejeebhoy School of Art. De 1871 à 1882 il séjourne en Angleterre dans le Devon et retourne en Inde à Lahore où son père est devenu conservateur du musée. Il travaille à la *Civil and Military Gazette*, journal qui dépend du *Pioneer* d'Allahabad. Comme beaucoup d'Anglais, il passe l'été en montagne à Simla. En 1877 la reine Victoria prend le titre d'impératrice des Indes.

Il publie des contes, des nouvelles, des poèmes, notamment *Mother Maturin*, première version de Kim où il a l'occasion d'exprimer son admiration pour Lewis Carroll. En 1889 il quitte l'Inde, passe par Rangoon, le Japon, les États-Unis et se fixe à Liverpool. Puis il fait un bref voyage à Lahore et s'installe finalement dans le Vermont à Brattleboro. Retour en Angleterre dans le Sussex et parution en 1901 de *Kim,* d'abord en revue puis en livre. En 1915 il perd son fils John sur le front. Il meurt à Londres le 18 janvier 1936 et est enterré à Westminster Abbey.

L'Inde est certes une clef, mais c'est en grande partie une fausse clef. J'y ai fait moi-même trois séjours en 1977, 1984 et 1989. Au cours du premier voyage j'étais accompagné par Robert Sabatier. Nous ne nous sommes pas quittés d'une semelle. Or nous en avons fait souvent la vérification : nous n'avons pas gardé un seul souvenir commun de cette immense expérience. On dirait que côte à côte nous avons fait deux voyages différents. Rien d'étonnant dès lors que la lecture de *Kim* — l'œuvre la plus importante de Kipling — n'éveille aucun sentiment de « reconnaissance » dans l'esprit du lecteur. L'Inde est, je pense, un cas unique au monde où l'immensité vertigineuse du territoire et de ses populations empêche le voyageur de jamais « s'y retrouver ». Aucune référence, aucun fil conducteur ne peut l'aider. La langue ? Il y en a dix-sept officielles (dont l'anglais), et la population ne parle quotidiennement que des dialectes qui se comptent par centaines. La faune ? Le voyageur est surpris par l'intégration d'animaux en liberté — faut-il les qualifier de « sauvages » ? — dans la société, vaches qui errent dans les rues au milieu des voitures, singes se balançant aux corniches des toits, vautours qui peuplent le ciel de noirs triangles, moineaux furetant sur les tables des restaurants, etc.

Quant à la végétation, elle peut le plus souvent se ramener à cette « jungle » dont Kipling use et abuse pour en faire le substrat végétal d'une sagesse mystérieuse. Il ne faut en aucun cas la confondre avec la « forêt vierge » des pays équatoriaux et tropicaux. Le mot vient du sanskrit et signifie « désert ». C'est un fourré constitué de buissons et d'arbustes, semé de marécages où la circulation est possible. Je l'ai parcouru et observé, et j'ai été fasciné par ce que j'appellerai « le cycle du banyan ».

Un oiseau se pose sur un palmier. Il lâche sa fiente qui tombe au pied du tronc. Elle contient une graine de banyan. La terre étant fertilisée par la fiente, la graine germe. Une pousse de banyan s'élève et s'enroule autour du tronc du palmier dans une poigne de plus en plus puissante. C'est bientôt comme une trompe d'éléphant jaillie du sol qui se saisirait du palmier et l'arracherait lentement de terre. Finalement le palmier déraciné est emporté par le banyan et continue à vivre dans ses branches à une hauteur du sol qui augmente d'année en année.

Le monde de Kipling est sans doute exagérément « digéré » par la civilisation. Gide cite ce jugement de Stevenson : « *Kipling is too clever to live.* » Mais au nom de quel culte de la « vérité » le lui reprocher ? Ses animaux s'ordonnent autour de Mowgli selon une hiérarchie où se fondent leur physique et leur moral. Kaa le python, Bagheera la panthère, Akela la louve, Baloo l'ours brun, Sher Kahn le tigre, Tabaqui le chacal, Mor le paon et la petite foule criarde des singes Bandar-log, c'est tout le peuple de cette fameuse jungle avec ses bons et ses méchants. La Fontaine n'a pas procédé autrement.

Mais il y a bien entendu Mowgli, la « grenouille », l'enfant-loup qui vingt ans plus tard deviendra le Tarzan de E. R. Burroughs. C'est que, de tout temps, l'homme a été ébloui par la faculté d'adaptation de l'animal à son milieu et il a rêvé d'un homme-animal qui jouirait d'un bonheur semblable. Ce n'est évidemment qu'un rêve. Toute la différence tient dans l'opposition du *donné* et du *construit,* et dans la part de l'un et de l'autre dans la vie de chaque règne. Presque tout est donné dans la vie animale, presque tout est construit dans la vie humaine. Certes il y a du construit dans la vie animale, la toile de l'araignée, le nid de l'oiseau, le terrier du lapin, mais que pèse cela en comparaison du vêtement, de la maison et de la cuisine de l'homme ? Quant à l'homme-animal, l'enfant-loup notamment, l'expérience en a fourni des exemples, dont nous possédons le récit, mais le résultat est toujours désastreux. L'enfant élevé en milieu non humain est irrémédiablement un débile physique et intellectuel. Tant pis pour Mowgli et Tarzan...

S'agissant de Tarzan, on notera ce détail. Quels que soient son âge et sa virilité, il n'a pas de barbe et il n'est pas question qu'il se rase tous les matins. C'est sans doute qu'il demeure définitivement impubère, c'est un grand enfant et il le restera. On n'imagine pas Tarzan marié et père de famille. On re-

trouve ici le « *too clever* » que Stevenson re-
prochait à Kipling. Et certes on note que
dans toute son œuvre — imaginaire comme
Le Livre de la jungle (I et II) ou réaliste
comme *Kim* — la sexualité n'a aucune
place. S'agit-il d'une censure due à l'époque victorienne de ses écrits ? Sans doute,
mais il se trouve que cette restriction correspond à l'un des traits de la société indienne auxquels le voyageur est forcément
sensible. Il constate que l'Indien paraît
étranger aux choses du sexe. J'ai parcouru
la nuit les prétendues « rues chaudes » de
Bombay. Au rez-de-chaussée des maisons,
des fenêtres grandes ouvertes vous permet-
tent de voir de somptueux intérieurs où évo-
luent des femmes brillamment maquillées
et habillées, manipulant des verres aux li-
quides rutilants et d'interminables fume-
cigarettes. Cela peut certes faire rêver des
imaginations naïves, mais je n'y ai pas senti
la moindre allusion sexuelle.

La chaleur et la pauvreté encouragent la
nudité. Elle est habillée par des tuniques
transparentes couvrant une absence de
corps. Tout est dans le visage, souvent admirable de régularité et de spiritualité. Cette
non-nudité est particulièrement sensible à

Bénarès et chez les baigneurs du Gange. Les bûchers funéraires paraissent l'aboutissement normal de cette spiritualisation. Kipling parle de « saleté » à propos de ces lieux. On assiste là en vérité à un processus dont il existe d'autres exemples. La scatologie remplace l'érotisme. Il y a là une infantilisation du sexe refoulé au niveau de pipicaca telle qu'on la trouve chez certains écrivains, comme Rabelais, réputés pour leur audace, mais sexuellement déficients. Où que l'on soit en Inde, à la ville, dans la campagne ou sur un rivage, on est assuré d'avoir dans son champ visuel le spectacle d'un homme retroussant son *dhoti* et poussant sa crotte sur le sol.

De ce point de vue l'observation d'autres sociétés est bien remarquable. À pauvreté comparable, le Brésil semble être l'antithèse absolue de l'Inde. Là les gens sont beaux, propres, bien habillés et surtout heureux et fiers de leur corps dont ils étalent les avantages avec des sourires engageants. L'étranger peut avoir l'illusion d'un paradis charnel, mais qu'il prenne garde à la violence extrême que recouvre cette gentillesse charmeuse !

Kipling connaissait trop bien l'Inde pour nous offrir *Kim* comme une clef de déchiffrement. Rien de plus complexe en vérité que ce jeune garçon où il y du moine, du vagabond, de l'espion et du voleur. Son errance dans toute l'Inde du Nord, de la grande plaine indogangétique à l'Himalaya, nous enchante plus qu'elle ne nous éclaire. Et n'oublions pas qu'il est irlandais par son père, ce qui achève de nous déboussoler. On fera à ce propos un bien curieux rapprochement. En 1936 paraissait *Autant en emporte le vent* de Margaret Mitchell qui devait connaître un immense succès. L'héroïne, Scarlett, est, comme *Kim,* d'origine irlandaise, et elle s'appelle O'Hara... comme Kim. Si l'on ajoute qu'ils devaient vivre à des époques rapprochées — seconde moitié du XIXe siècle —, on se demande s'ils ne seraient pas frère et sœur. Curieux tout de même que Kipling et Mitchell, qui n'avaient aucune attache avec l'Irlande, aient eu recours à des témoins irlandais pour nous découvrir l'un l'Inde profonde, l'autre l'Amérique de la guerre de Sécession. Je ne peux oublier quant à moi que dans mon roman *Éléazar ou la Source et le buisson,* j'ai fait appel à une famille irlandaise pour déchiffrer le destin de Moïse au cours de leur exil en Californie.

L'Irlandais est-il voué au voyage initiatique ?

*

On serait injuste à l'égard de Kipling si l'on passait sous silence le magnifique poète qu'il fut aussi. Mais les poètes ne sont pas faits pour être commentés, ils doivent être cités. Concluons donc en rappelant, dans sa langue originale et dans la traduction qu'en a faite André Maurois[1], le poème le plus célèbre de son œuvre — et peut-être de toute l'histoire de la poésie anglaise — écrit en 1910.

---

1. Dans *Les Silences du colonel Bramble*, Grasset, « Les Cahiers Rouges », 1993.

If

If you can keep your head when all about you
Are losing theirs and blaming it on you,
If you can trust yourself when all men doubt you,
But make allowance for their doubting too ;
If you can wait and not be tired by waiting,
Or being lied about, don't deal in lies,
Or being hated, don't give way to hating,
And yet don't look too good or talk too wise ;

If you can dream — and not make dreams your
    master,
If you can think — and not make thoughts your
    aim ;
If you can meet with Triumph and Disaster
And treat those two impostors just the same ;
If you can bear to hear the words you've spoken
Twisted by knaves to make a trap for fools.
Or watch the things you gave your life to broken,
And stoop and build'em up with worn-out tools ;

If you can make one heap of all your winnings
And risk it on one turn of pitch-and-toss,
And lose, and start again at your beginnings
And never breathe a word about your loss ;
If you can force your heart and nerve and sinew
To serve your turn long after they are gone,

Si

Si tu peux voir détruit l'ouvrage de ta vie
Et sans dire un seul mot te mettre à rebâtir,
Ou perdre en un seul coup le gain de cent
    parties
Sans un geste et sans un soupir ;
Si tu peux être amant sans être fou d'amour,
Si tu peux être fort sans cesser d'être tendre,
Et te sentant haï, sans haïr à ton tour,
Pourtant lutter et te défendre ;

Si tu peux supporter d'entendre tes paroles
Travesties par des gueux pour exciter des
    sots,
Et d'entendre mentir sur toi leurs bouches
    folles
Sans mentir toi-même d'un mot ;
Si tu peux rester digne en étant populaire,
Si tu peux rester peuple en conseillant les
    rois,
Et si tu peux aimer tous tes amis en frère,
Sans qu'aucun d'eux soit tout pour toi ;

Si tu sais méditer, observer et connaître,
Sans jamais devenir sceptique ou destructeur,
Rêver, mais sans laisser ton rêve être ton
    maître,
Penser sans n'être qu'un penseur ;
Si tu peux être dur sans jamais être en rage,
Si tu peux être brave et jamais imprudent,

And so hold on when there is nothing in you
Except the Will which says to them « Hold on ! »

If you can talk with crowds and keep your virtue,
Or walk with Kings — nor lose the common
    touch,
If neither foes nor loving friends can hurt you,
If all men count with you, but none too much ;
If you can fill the unforgiving minute
With sixty seconds worth of distance run.
Yours is the Earth and everything that's in it,
And — which is more — you'll be a man, my
    son !

Si tu sais être bon, si tu sais être sage,
Sans être moral ni pédant ;

Si tu peux rencontrer Triomphe après Dé-
    faite
Et recevoir ces deux menteurs d'un même
    front,
Si tu peux conserver ton courage et ta tête
Quand tous les autres les perdront,
Alors les Rois, les Dieux, la Chance et la
    Victoire
Seront à tout jamais tes esclaves soumis,
Et ce qui vaut bien mieux que les Rois et la
    Gloire
Tu seras un homme, mon fils.

Jack London
ou le Portrait du superman

Deux caractéristiques apparemment contra-
dictoires frappent quand on considère la
vie de Jack London. D'abord son extraordinaire brièveté : quarante ans (1876-1916).
Ensuite la richesse surabondante de ses expé-
riences, puisqu'il fut marin, chercheur d'or,
agriculteur, vagabond, meneur de chiens de
traîneau, etc. La soif de vivre, la soif d'ailleurs
et la soif de l'alcool se mêlaient étroitement.
Quel était donc le grand dessein de cette errance passionnée ? Son roman autobiogra-
phique *Martin Eden* nous l'apprend : la
transmutation de ce vécu tumultueux en une
œuvre littéraire. Comment traiter ces multiples aventures pour qu'il en résulte des livres
échappant à l'espace et au temps et se trans-
mettant par exemple jusqu'à nous, lecteurs
français du XXIe siècle ?

Oui, il y avait au fond de ce nomade frénétique un homme de cabinet qui ne souhaitait que la paix studieuse nécessaire à la lecture et à l'écriture.

Ses lectures nous sont connues. Ses auteurs s'appelaient Darwin, Marx et Nietzsche. Ce n'était pas mal pour ce jeune analphabète né en Californie dans ce San Francisco de la ruée vers l'or au milieu d'une famille catastrophique. Il est vrai que son idéologie mêlait audacieusement la sélection naturelle, la lutte des classes et la volonté de puissance. Il ne voyait là aucune contradiction, se voulant à la fois socialiste et superman. Le destin l'y invitait sous plusieurs formes.

Il y avait d'abord ce nom de London dont sa naissance lui avait fait cadeau. Il était fier et heureux de cette référence à l'aristocratie de la capitale britannique. Nous autres Français si fortement centralisés sur Paris, nous avons peine à imaginer le malaise vertigineux que peut éprouver un écrivain de cette langue anglaise dispersée aux quatre coins du monde[1].

---

1. On notera toutefois que les grands écrivains français sont assez rarement nés à Paris. Mais ils n'échappent pas pour autant à l'obligation du « sacre parisien »

David Grief, le héros de la première des nouvelles de ce recueil, est vraiment le « fils du soleil ». London nous le dit d'emblée : « il était anglais pur-sang ». Sa moustache était blonde. Sa peau mérite la description la plus détaillée. On songe au mot de Paul Valéry que London aurait pu faire sien : « Ce qu'il y a de plus profond chez l'homme, c'est la peau. » Elle va avec sa jeunesse : « Âgé d'au moins quarante ans, il n'en paraissait pas plus de trente. » Et là, il faut reconnaître l'extraordinaire nouveauté de cet homme du soleil inventé par London. Il convient de rappeler que jusqu'aux années 1930 (découverte des vacances au bord de la mer), il paraissait évident que le soleil enlaidissait les visages et les corps en les « noircissant ». C'était le principal stigmate du paysan et du manœuvre que ce visage sali par la brûlure solaire. Il ne pouvait y avoir de beauté que blanche, et les femmes de qualité ne s'aventuraient pas en plein air sans voilettes et ombrelles. Quant à la blancheur réelle de sa peau, Martin Eden n'a aucune crainte à avoir : « Il retroussa sa manche et regarda la face interne de son bras. Elle était pâle. Nul doute, c'était le bras d'un homme blanc. Il fit jouer son bi-

ceps avec son pouce pour examiner sa peau
près de l'aisselle, là où le soleil n'avait pas
de prise. Elle était blanche comme neige et
cela le fit rire. » La surprise est d'autant
plus grande quand on passe de Martin Eden
à David Grief, l'Anglais aux yeux bleus.
Non, celui-là, le soleil ne le noircissait pas,
il lui donnait « cette teinte dorée qui brille
dans la peau des Polynésiens ». Avec cinquante ans d'avance Jack London fait cette
découverte surprenante dont personne ne
doute aujourd'hui sur nos plages vacanciè-
res : le soleil ne noircit pas la peau, il lui
donne une teinte dorée incomparable.

Autre critère du superman : l'argent. Il
en possède à foison. Mais peut-on dire qu'il
est riche ? Certainement pas, si la richesse
implique alourdissement et sédentarisation.
L'un des mots de la langue les plus exécrés
par London est « sécurité ». Si l'argent doit
apporter la sécurité, qu'il soit maudit, car il
n'y a de vie que risquée. C'est ce que nous
démontre ce même Grief, « débordant
d'énergie et de pure joie de vivre ». Il est
devenu riche. Comment ? Par hasard, car la
fortune sourit aux aventuriers. Mais un certain Harrisson J. Griffith lui doit douze
cents livres sterling, somme dérisoire en

comparaison de sa richesse. (On notera au passage que Griffith est l'un des prénoms d'origine de J. London. A-t-il voulu incarner son double possible dans ce personnage peu reluisant ?) Qu'importe ! La règle du jeu veut que l'on soit payé, et Grief va risquer sa vie en obligeant le misérable à rendre gorge.

Oui, il faut être riche, car la pauvreté est la pire des malédictions. Mais comment ? London — et son double Martin Eden — avaient un « truc ». La littérature. Ce n'est certainement pas la voie « sûre » à recommander à un jeune ! J. London avait été fortement impressionné dans sa carrière en constatant qu'il n'y a aucun rapport entre le travail que demande l'écriture d'un livre et la somme des droits d'auteur qu'il rapporte. La part du hasard et de la chance est ici irréductible. Aussi nous donne-t-il d'autres exemples dans ses nouvelles.

Voyez notamment ce Parlay. Français, il a débarqué sur la minuscule île de Hikihoho, île découverte et ainsi nommée par Bougainville. Il a épousé la reine de l'île et est ainsi devenu son propriétaire. Le malheur l'a frappé, car sa fille, Armande, élevée dans un luxueux pensionnat en France, est tombée amoureuse d'un Blanc, mais se trouva rejetée comme « sang-mêlé » par la société européenne de l'île. Elle se suicida.

Devenu immensément riche par le commerce des perles, Parlay perd la tête et se persuade qu'il est maître du temps, provoquant à volonté tempêtes ou embellies. C'est pourtant un ouragan qui détruira ses maisons.

Les héros de J. London sont-ils fous ? Oui dans un certain sens, mais certainement pas inconséquents. Leur conduite obéit toujours à une logique où une sorte de génie a sa part. C'est la logique d'un « superman ».

Généalogie et typologie de Tintin

On peut certes remonter à 1619 et au *Manneken-Pis* de Jérôme Duquesnoy le Vieux, et imaginer qu'ayant grandi, le plus ancien citoyen de Bruxelles a adopté le pantalon golf et les chaussettes blanches de Tintin.

Car il y a au commencement la Belgique, le patriotisme belge. Il n'est présent, il est vrai, que dans le premier album *Tintin au pays des Soviets*. Après une affreuse équipée dans l'enfer communiste, Tintin et son chien Milou fondent d'attendrissement en approchant de Tirlemont, Liège et enfin Bruxelles qui sentent si bon la Belgique ! La gare du Nord est noire de monde, des scouts principalement, venus acclamer les deux voyageurs. Car il y a aussi les scouts. Les tintinologues s'accordent à trouver l'ancêtre du petit héros de Hergé chez un certain Totor précisément, chef de patrouille des Hannetons.

Hergé reniera ce premier essai dont le graphisme grossier — en noir et blanc —, l'idéologie politique primaire et les références explicites à la Belgique et au scoutisme seront dépassés dès le numéro deux de la série (*Tintin en Amérique*). Oubliée aussi la justification professionnelle du jeune « globe-trotter » envoyé en reportage dans le monde par le journal *Le Petit Vingtième*.

Ces coups de gomme ne peuvent effacer pourtant la « généalogie » de Tintin. Le scoutisme est à sa source, mais quel changement en face de l'imagerie signée Pierre Joubert et Guy de Larigaudie de la collection scoute *Signe de piste* ! Les paysages exotiques, les arbres, les animaux et surtout les héros adolescents, tout est objet de célébration et d'admiration pour *Signe de piste*. Sa philosophie est simple : le monde n'est qu'un foisonnement de merveilles, partons à sa découverte ! La mystique de la rupture et du départ à l'appel de la route doit être vécue passionnément. Il y a un romantisme juvénile et naïf dans le personnage de Larigaudie qui « y croyait ». Il emportait un smoking et des chaussures vernies dans son sac à dos, car le scout doit être « toujours prêt ». Il y croyait tellement qu'il s'est fait tuer pour rien, pour l'honneur, sur le front de 1940.

Si l'imagerie admirative de *Signe de piste* rejoint pourtant sur un point celle de Tintin, c'est dans la laideur, la bêtise et la mauvaiseté des adultes. Joubert a le trait assez lourd quand il fait aux hommes de ses histoires des trognes abominables. Comment croire que c'est pourtant l'avenir inéluctable qui guette ses angéliques adolescents ! En attendant, ils sont sauvés par la camaraderie. Il s'agit plus dans *Signe de piste* d'une petite société fermée que de l'aventure d'un héros solitaire. Ne pas sortir de la « troupe », ne pas trahir la franc-maçonnerie juvénile, c'est se garantir contre l'affreuse déchéance de l'adultat.

Tintin, lui, est seul au milieu d'une société hostile. Certes il possède son « équipe », mais les adultes qui la composent rivalisent de laideur et de ridicule. Il n'a rien à attendre des policiers Dupond et Dupont, du savant sourd Tournesol, de la chanteuse Bianca Castafiore (« Je ris de me voir si belle en ce miroir ! »), ni surtout du capitaine Haddock, ivrogne, lâche et vantard dont le seul talent consiste à inventer des injures homériques («Phylloxéra! Ectoplasme! Rocambole! Cyanure! Coloquinte! Mille millions de sabords!»). Finalement, c'est de son chien Milou qu'il est le plus proche, à cela près que Milou ne rêve que de paresseuse sédentarité et peste contre l'humeur aventureuse de son maître.

Tintin représente ainsi l'adolescent absolu. Il n'a ni parents, ni fiancée, ni métier, ni avenir, ni statut social. Rappelons que les autres héros de nos bandes dessinées se situaient assez précisément au contraire. Les Pieds Nickelés de Forton en sympathiques crapules, Camember et les Fenouillard de Christophe en petits-bourgeois, mais surtout Bécassine de Caumery et Pinchon exilée de sa Bretagne profonde comme boniche à Paris.

Tintin n'a point d'attache, et lorsqu'il voyage c'est sans états d'âme touristiques. Cette solitude connaîtra cependant une faille, et elle tranche curieusement dans le tableau. Dans *Le Lotus bleu*, Tintin sauve de la noyade un jeune Chinois de son âge, Tchang, lequel lui rendra bientôt la pareille. Mais leur relation se nimbe de fantastique dans *Tintin au Tibet*. La presse relate un terrible accident d'avion. Un appareil venant de Hong Kong s'est écrasé dans le Népal. Il n'y aurait pas de survivants. Or Tintin découvre le nom de Tchang dans la liste des victimes. Et aussitôt il est poursuivi de pressentiments, de rêves et d'hallucinations qui le persuadent que Tchang est vivant et prisonnier de l'Himalaya. Il faut aller le chercher !

La folle expédition va avoir lieu avec le capitaine Haddock et le chien Milou toujours renâclant. Et elle va se terminer en une apothéose sentimentale et grotesque sans doute unique dans l'œuvre d'Hergé. Tchang est bien vivant, mais il a été sauvé par le Yeti qui n'est pas un abominable homme des neiges, mais une abominable femme des neiges, laquelle s'est éprise du jeune Chinois et ne veut plus le lâcher. Tintin et ses compagnons doivent faire usage de ruse et de violence pour délivrer Tchang. Et l'aventure se termine sur les formidables sanglots du Yeti trahi et abandonné. C'est à ma connaissance la seule histoire d'amour des albums de Tintin.

P.-S. : Le numéro du 21 février 1999 du journal belge *Le Matin* a provoqué un véritable séisme dans le monde de la tintinologie. Philippe Dubath y établit en effet de façon, semble-t-il, irréfutable, que le véritable inventeur de Tintin est Benjamin Rabier. Rappelons donc que ce dessinateur est né en 1864 et mort en 1939. Il aurait donc pu être le père d'Hergé. Sa spécialité, c'était les animaux. Il était le dessinateur qui fait rire les bêtes. Sa création la plus populaire est d'ailleurs la « vache qui rit » du fameux fromage. Il raconte : « Dessiner des bêtes, c'est l'enfance de l'art. Leur donner une expression triste ou joviale, tout est là. J'avais loué à mon laitier une vache et son veau. J'entrepris de suite le veau pensant qu'il serait plus sensible étant plus jeune. Eh bien pas du tout ! C'est la mère qui s'est mise à rire la première, heureuse de me voir jouer avec son enfant. »

Or en 1898 Rabier publie aux éditions Juven un album intitulé *Tintin-Lutin*. Son héros est un jeune garçon au visage rond et à la coiffure en houppe blonde. C'est un mauvais drôle qui n'a que des inventions sadiques. Par exemple, il échange la pelote d'épingles de sa grand-mère contre un vrai hérisson ; il enfile dans la narine d'un gros cochon de ferme un pétard qu'il allume, etc. Mais finalement il est victime de sa propre méchanceté et il accepte de s'amender. Tout finit le mieux du monde.

Il n'empêche ! Hergé ne s'était pas vanté de cette dette.

Il était une fois… Pierre Gripari

Rien de plus éloigné d'une confession qu'un conte traditionnel. Il est clair que si je prononce la formule magique « Il était une fois », je ne vais pas « me coucher sur le papier », comme on dit vulgairement.

Mais peut-être faut-il faire une exception pour Pierre Gripari. Par exemple, il a écrit des *Contes de la rue Broca* et des *Contes de la Folie Méricourt*, et justement il a habité ces deux rues étranges à Paris. Je l'atteste, je fus l'y voir. Et aussi je revois le personnage qu'il s'était composé, ses vêtements, ses gestes, sa silhouette, la façon dont il abordait les uns et les autres : impossible, inimaginable, infréquentable, impayable. Le bonhomme sortait tout droit de Charles Perrault, des frères Grimm, de Christian Andersen avec de forts traits empruntés à Dickens. Sa vocation, il l'a fortement affirmée de sa propre plume :

> Il n'y rien de plus beau, ni de meilleur, ni de plus important au monde que de raconter des histoires. C'est mon métier, et j'en suis fier. Bien avant Gutenberg et Pasteur, je place au premier rang des bienfaiteurs de l'Homme les génies inconnus qui ont conçu l'histoire de Peau d'âne, de Blanche-Neige ou de Cendrillon.
>
> J'écris pour être aimé, longtemps après ma mort, comme j'ai aimé Dickens. J'écris pour faire du bien, comme Jack London m'a fait du bien, à quelques individus que je ne connaîtrai jamais, dont les pensées ne seront pas les miennes, qui vivront dans un monde que je ne puis concevoir. J'écris pour eux, pourtant, pour les consoler d'être, pour qu'ils se sentent moins seuls devant leur destinée qui sera, comme la nôtre et même si, par ailleurs, tout change, de rire et d'espérer, de souffrir et de mourir.

Oui, Pierre Gripari est partout dans ses contes, travesti, déguisé, et pourtant reconnaissable. Dans « Le gentil petit diable »[1] par exemple :

---

1. *Contes de la rue Broca*, Gallimard, « Folio Junior ».

Il était une fois un joli petit diable tout rouge avec deux cornes noires et deux ailes de chauve-souris. Son papa était un grand diable vert et sa maman une diablesse noire. Ils vivaient tous les trois dans un lieu qui s'appelle l'Enfer et qui est situé au centre de la Terre.

Comme tous les diables, il a une vocation impérative à faire le mal. Mais c'est un mauvais diable, un méchant diable, car d'instinct il ne fait que le bien autour de lui, au grand désespoir de ses parents. Excellent élève à l'école, il prend pitié pour les damnés, édifie le curé qu'il rencontre et remonte jusqu'au pape... Ensuite, c'est le ciel, le Petit Jésus, la Sainte Vierge et le Bon Dieu.

Le secret de ses métamorphoses se trouve peut-être dans le conte admirable qui donne son titre à son unique recueil, *Je suis un rêve et autres contes exemplaires*[1].

Qu'a donc fait Pierre Gripari ? Il a rêvé qu'il était un rêve...

J'étais une forêt, où je devais rencontrer une jeune fille... Seulement ce n'était pas

1. Éditions de Fallois, 1992.

elle qui était mon rêve, c'était moi qui étais le sien. Je n'avais pas d'existence propre, je n'étais là que parce qu'elle dormait, je ne vivais que dans sa fantaisie, j'étais imaginaire, fictif, j'étais son idéal nocturne, son Prince Charmant...

Nous étions donc dans cette forêt, tous les deux, mais séparés par la végétation, et nous nous cherchions l'un l'autre. Je l'apercevais, de loin en loin, entre les arbres... Elle me voyait aussi, elle essayait de me rejoindre... Mais elle s'y prenait mal. Je faisais de mon mieux pourtant pour qu'elle me trouve. Mais elle prenait toujours le mauvais chemin.

Cela me faisait de la peine. Pour elle, pas pour moi. Moi, je n'existais pas, ça m'était bien égal ! Seulement c'était rageant tout de même ! Elle perd un temps précieux, je me disais. Nous pourrions être ensemble depuis déjà une demi-heure... Moi, je ne demande pas mieux ! Au lieu de ça, tout à l'heure, sa mère va venir, elle se retrouvera toute bête, dans son lit, dans sa chambre, dans son monde, et je n'existerai plus ! Elle sera bien avancée !

Enfin nous nous sommes vus, elle et moi, face à face, aux deux bouts d'une grande allée. Plus d'obstacle entre nous, rien que de l'espace libre ! Je lui ai tendu les bras et j'ai marché vers elle, doucement, très doucement... Elle est restée plantée une seconde immobile, incrédule, ravie... Et puis elle a couru vers moi de toutes ses forces, de toute son âme et de tout son désir...

Elle allait se jeter à mon cou quand une voix de femme s'est fait entendre, qui criait résolument, sur un ton faussement enjoué :

— À l'école ! À l'école !

C'était sa mère. Elle s'est aussitôt réveillée, et moi, bien sûr, j'ai disparu.

MES ROBINSONNADES

Un écrivain dévoré par les enfants

Elles viennent de tous les coins de France, et aussi de Belgique, de Suisse, du Sénégal, ces lettres signées de vingt ou trente prénoms, ornées de guirlandes, de petits dessins, presque toujours sur papier quadrillé scolaire.

« On est les élèves du CES de X... On a lu à l'école votre roman *Vendredi*. On a bien aimé malgré un tas de petits défauts et on a des questions à vous poser... »

Parfois je propose un simple échange de cassettes enregistrées. Fruit d'un travail collectif, l'enregistrement est souvent tumultueux, enrichi d'interventions musicales, de récitations, et j'imagine facilement l'atmosphère de fête dans laquelle il est né. De même ma réponse sur cassette également emportera, outre ma voix, les bruits de ma maison, les cloches de l'église voisine, le ronronnement du chat qui a sauté sur mes genoux, le tic-tac de la grosse horloge. C'est plus qu'une lettre, c'est une tranche de vie.

Le plus souvent possible, je me rends sur place.

De nombreuses visites m'ont convaincu de l'extraordinaire variété de l'enseignement d'aujourd'hui. Il y a de vieilles constructions du siècle passé rébarbatives comme des prisons, des cubes fonctionnels découpés comme au couteau, des petites cités scolaires bariolées et capricieuses comme des villages africains. L'atmosphère présente le même écart d'une ville à l'autre. Ici les enfants se dressent au garde-à-vous, les bras croisés dès qu'un enseignant entre dans la classe. Ailleurs au contraire on est accueilli par des acclamations mêlées de huées. Le lycée de Sartrouville me réserva la plus forte surprise. C'était la fête, masques, oripeaux, musiques sauvages, et sous l'épaisseur d'un maquillage agressif, je reconnus Patrick Grainville, ce jeune écrivain génial et dévoré d'un feu intérieur. Je m'étais battu en 1976 pour que son beau roman *Les Flamboyants* obtînt le prix Goncourt. Le « maître », c'était lui…

Et puis il y a le cas du Centre pédiatrique voisin où je me rends régulièrement. Cent cinquante enfants gravement handicapés — paralysés, brûlés, autistes, bloqués dans des carapaces de plâtre — m'y attendent. Récemment, un dessinateur illustrait sur des vastes feuilles de papier un conte que j'improvisais devant eux. Mais il ne dessinait qu'en noir et blanc. Quand le conte fut terminé, on fit défiler les enfants et, à l'aide d'une palette de couleurs multiples, ils colorièrent les illustrations du conte.

Il y a aussi l'histoire du pupitre. C'était dans un lycée technique. Un élève me demande : « Quand vous travaillez, comment êtes-vous, assis, debout… ? » Je réponds : « J'écris assis tout bêtement à ma table, et d'ailleurs je le regrette. Les grands écrivains d'autrefois — Balzac, Victor Hugo… — travaillaient debout devant un pupitre. Cela leur permettait de faire quelques pas ou d'aller consulter un livre sans avoir à se lever. Mais on ne trouve plus de pupitres, d'autant plus qu'il faut qu'il soit adapté à la taille de l'écrivain. » Alors un élève se lève et me dit : « Monsieur, ici, on n'est guère orienté vers la littérature, mais l'ébénisterie, ça nous connaît. On a un atelier et si vous voulez, votre pupitre, on va vous le faire ».

Et l'heure passa à prendre mes mesures et à faire au tableau noir un plan du futur meuble. On alla même me chercher des échantillons pour que je puisse choisir mon bois.

Les semaines passent et j'avais un peu oublié cette affaire, quand je vois arriver dans ma cour une camionnette. C'était le fameux pupitre-sur-mesure qu'on venait me livrer. Il est toujours là et me sert fidèlement...

Robinson, Vendredi, le chien Tenn, les chèvres, les perroquets paraissent parfois avoir totalement investi la classe. Des dessins couvrent les murs, des maquettes de pâte à modeler reproduisent l'île déserte avec ses marécages où Robinson vient se « souiller » comme un sanglier quand ça va trop mal. Les questions fusent, souvent agressives. Ayant appris qu'un certain Daniel Defoe était le véritable inventeur de Robinson Crusoé, un petit me demande : « Ça vous arrive souvent de recopier vos livres dans ceux des autres ? » Je lui explique que la « robinsonnade » est devenu une sorte de genre littéraire où nous sommes nombreux à avoir travaillé. Je demande une fois : « J'espère qu'il y en a parmi vous qui veulent être écrivains plus tard ? » Un silence, puis un doigt se lève : « Combien vous gagnez ? » Excellente question qui me donne l'occasion d'expliquer ce qu'est un éditeur et comment fonctionnent les droits d'auteur. Les enfants se montrent très déçus de la modicité de la somme qui revient à l'auteur sur le prix du livre (en moyenne 10 %).

Mais le comble de la surprise est atteint quand on parle du temps qu'il faut pour écrire un livre. Moi je demande carrément cinq années, et s'il y a des auteurs qui publient un livre par an, ils forment une exception. L'écolier qui estime avoir sué sang et eau sur un devoir au bout de deux heures n'en revient pas de ces délais gigantesques. Oui, mes enfants, la principale qualité d'un écrivain, c'est la patience. Moi qui vous parle, il m'est arrivé deux fois d'envoyer promener un manuscrit sur lequel je peinais depuis deux ou trois ans. C'était une perte impardonnable et que d'ailleurs je ne me pardonne pas.

Les enfants ne craignent pas les grandes questions. Qu'est-ce que vous prenez au petit déjeuner ? Ou : comment faire pour être heureux ? Ce sont des questions qu'ils vous lancent à la tête indifféremment. Et il faut savoir répondre. Passons pour le petit déjeuner. Mais le bonheur ?

— Le bonheur, c'est très simple. Il n'y a qu'une seule condition, mais alors absolument nécessaire : aimer passionnément quelque chose ou quelqu'un. Si vous n'aimez rien, ni personne, vous êtes perdu, votre vie est finie avant d'avoir commencé. Au contraire, si vous vous passionnez pour la botanique, la musique indienne, le rugby ou les timbres postes, si vous voulez absolument tout savoir sur l'Égypte des pharaons, si vous passez vos nuits l'œil collé à un télescope parce que les étoiles vous fascinent, si vous adorez par-dessus tout une femme, un homme ou un enfant (ou les trois à la fois), et si vous êtes prêt à tous les sacrifices qu'exigera votre passion... alors peut-être serez-vous un grand écrivain, un peintre célèbre ou un naturaliste de renommée mondiale, mais ce qui est sûr et certain, c'est que vous aurez une vie digne d'être vécue.

À *propos de Vendredi*

À l'origine il y a sans doute les deux ans d'études — 1949-1950 — passées au musée de l'Homme à Paris avec comme maîtres Claude Lévi-Strauss et André Leroi-Gourhan. J'ai appris là qu'il n'y a pas des « civilisés » (nous) et des « sauvages » (les autres), mais une multitude de civilisations qui méritent toutes le respect et l'étude. Civilisés-sauvages, c'est une façon de penser absurdement égocentrique. On la retrouve dans l'Antiquité (opposition Grecs-Barbares) et au Moyen Âge (opposition chrétiens-païens).

Mais il a été longtemps très difficile de lire le roman de Daniel Defoe, *Les Aventures de Robinson Crusoé* (1719) dans sa version authentique et intégrale. Ce n'est qu'en 1950 qu'elle devint accessible grâce à l'édition

de poche Marabout. C'est là que je l'ai lue
pour la première fois.

Pourquoi réécrire cette histoire ? D'abord
je rappelle qu'il y avait eu de nombreuses
« robinsonnades » évidemment inspirées
par le roman de Defoe : *Le Robinson des glaces, Le Robinson des demoiselles, Le Robinson
suisse, L'Île mystérieuse* de Jules Verne, *Images
à Crusoé* de Saint-John Perse, *Suzanne et le
Pacifique* de Jean Giraudoux, *Images brisées*
de Paul Valéry, etc.

Mon idée de base était d'étudier en philosophe les effets de la solitude sur un
homme. Après vingt années de vie sur une
île déserte, que deviennent la mémoire, le
langage, la vision du monde, la sexualité,
etc., d'un homme ? Ensuite je voulais ré-
habiliter Vendredi. Dans la plupart des robinsonnades, il est supprimé. Chez Defoe,
c'est un sous-homme. Seul compte Robinson parce qu'il est blanc, chrétien et surtout anglais. Vendredi a tout à apprendre
de lui.

Dans mon roman, la supériorité de Robinson sur Vendredi ne cesse de s'effriter.
Finalement c'est Vendredi qui mène le jeu
et enseigne à Robinson comment on doit
vivre sur une île déserte du Pacifique.

Robinson est véritablement un « mythe » parce qu'il a échappé à son auteur d'origine Daniel Defoe et s'est mis à revivre dans d'autres œuvres. C'est par un phénomène analogue que Don Juan a échappé à son auteur, le prêtre Tirso de Molina, pour devenir la créature de Molière, de Mozart...

Ensuite il est clair que Robinson a pris au cours des siècles des significations que Defoe ne pouvait pas prévoir. J'en vois au moins trois :

— Le thème de la solitude. C'est un mal moderne. Elle n'existait pas du temps de Defoe où toute société était structurée en fonction de la famille, de la profession (corporation), de la religion (paroisse), de la commune, etc. Nous avons inventé la liberté et la mobilité, mais cela se paie en solitude avec ses séquelles, folie, suicide, violence, drogue. Il n'y a plus d'îles désertes, mais la solitude est partout dans nos sociétés. On lit régulièrement dans la presse qu'on a trouvé dans un immeuble peuplé de milliers de gens un homme ou une femme morts dans leur appartement depuis des mois. Personne ne s'en était aperçu.

— Vendredi apparaissant dans l'île de Robinson, c'est le tiers monde frappant à la

porte du monde industriel. C'est un phénomène grave et universel. Quel dialogue va-
t-il s'instituer entre les deux hommes ?

— Enfin il faut tenir compte de la séduction qu'exerce pour les hommes d'aujourd'hui une île dans le Pacifique avec des
plages dorées, des vagues limpides et des
arbres chargés de bananes et de dattes. Robinson est pour nous l'idéal de l'homme en
vacances. Il a un côté « club Méditerranée ».
C'est évidemment une idée qui ne pouvait
pas effleurer Daniel Defoe.

Il faut rappeler que j'ai fait à ce jour trois
versions de *Vendredi*. La première (*Vendredi
ou les Limbes du Pacifique*, 1967) est un gros
livre surchargé de philosophie et de ré-
flexions. La deuxième (*Vendredi ou la Vie
sauvage*, 1974) est entièrement réécrite, dé-
graissée, clarifiée. On la considère généralement comme une version pour les enfants,
mais je ne suis pas d'accord. C'est simplement une version améliorée. C'est mon
livre fétiche puisqu'il atteint six millions
d'exemplaires en France et connaît trente-
cinq traductions à l'étranger. C'est avec lui
que l'Estonie a inauguré (en ma présence à
Tallinn en 1990) ses Éditions nationales libres (c'est-à-dire indépendantes de Mos-

cou). Il en existe une « édition pirate » (sans contrat) en Irak, etc.

Il y a à Paris une école pour les enfants aveugles, l'Institut national des jeunes aveugles. On leur apprend tout ce qu'on peut leur apprendre. Ils font beaucoup de musique et lisent des livres en braille. Or ces livres, il fallait les taper à la machine un par un. Un jour est arrivé un ordinateur : on met dedans le livre imprimé et il en ressort en braille en autant d'exemplaires que l'on désire. Un soir de Noël, on a procédé à l'inauguration de l'appareil, et c'était avec mon *Vendredi*. J'ai distribué moi-même les premiers exemplaires aux cent trente enfants aveugles présents. Cela vaut pour moi un prix Nobel.

J'en ai fait une troisième version sous forme de conte dans mon recueil *Le Coq de bruyère*. Cela s'appelle *La Fin de Robinson Crusoé*. J'imagine que Robinson est revenu à Londres avec *Vendredi*. Que va-t-il se passer ? Hélas rien de bon !

J'ai fait le tour du monde avec ce petit livre. J'ai parlé avec des enfants de tous les pays qui l'avaient lu. J'ai constaté que la plupart des enfants occidentaux aiment et admirent Vendredi parce qu'il incarne pour eux la joie et le plaisir de vivre. Mais au contraire les enfants d'Afrique noire le méprisent. C'est pour eux un « sale Nègre » incapable et paresseux. Ils n'admirent que Robinson, travailleur, rationnel et efficace. J'ai interrogé par exemple des fillettes à Libreville (Gabon) : « Si vous deviez vous marier, qui épouseriez-vous de préférence, Robinson ou Vendredi ? » Elles se sont toutes prononcées pour Robinson, « parce que, m'a dit l'une d'elles, Vendredi serait bien incapable de subvenir aux besoins d'une femme et de ses enfants ». Il faut en effet tenir compte des sujétions matérielles très lourdes qui pèsent sur cette jeunesse.

Vendredi *et les pirates*

Le père de Marcel Pagnol — qui était instituteur — disait : « Anatole France, quel écrivain ! De chacune de ses pages, on peut faire une dictée. » Je suis bien d'accord que la gloire pour un écrivain s'épanouit à l'école. Mon *Vendredi*, parce qu'il est lu dans les classes, a fait de moi un auteur « classique ». N'est-ce pas la meilleure définition qui soit ? Certes on peut citer également le nombre des traductions en langues étrangères. Mais là, il faut distinguer les éditeurs représentés à la Foire du livre de Francfort et les autres, les pirates, ceux qui éditent sans contrat ni droits d'auteur. Or si le « pirate » lèse matériellement l'auteur, moralement il lui donne la plus belle des couronnes.

S'agissant de *Vendredi*, je ne citerai que pour mémoire sa parution à Jakarta en bahasa-indonesia. Il y eut tout de même un échange de lettres et la promesse d'un paiement forfaitaire de cinq cents francs quel que soit le tirage. C'était le système courant au XIXe siècle. En 1856 Flaubert a touché huit cents francs de Michel Lévy pour prix d'une libre exploitation de *Madame Bovary* pendant cinq ans.

Les choses sérieuses commencèrent avec une lettre datée du 15 octobre 1990 en provenance de Tallinn — capitale de l'Estonie —, qui m'invitait à venir fêter la sortie de *Vendredi* publié sans contrat en estonien. Il faut rappeler qu'à cette époque l'Estonie était encore une République soviétique. Pour publier un livre étranger, l'éditeur estonien était obligé de passer par Moscou, qui devait d'abord dire oui, et conclure ensuite un contrat avec l'éditeur original. Or l'Estonie secouait le joug moscovite et me faisait l'honneur insigne d'inaugurer son indépendance culturelle par l'édition pirate de mon petit livre. J'y fus donc. Pour aller à Tallinn, on vole d'abord jusqu'à Helsinki. Puis entre Helsinki et Tallinn, on prend un luxueux petit paquebot qui met trois heures à franchir les quatre-vingts kilomètres de la traversée. En vérité, c'est la nef des

fous, car la vente de l'alcool est rigoureuse-
ment réglementée dans les deux pays, mais
libre au contraire en eaux internationales.
Tout le bateau n'est qu'un vaste bar qui
ouvre dès le départ et ferme peu avant l'arrivée. Certains « voyageurs » ne quittent pas
le bord et attendent tout simplement le retour et la réouverture des vannes de vodka,
whisky et autre cognac.

Je suis reçu comme un chef d'État et invité à déjeuner en tête à tête avec Lennart
Meri, ministre des Affaires étrangères (non
encore reconnu par Gorbatchev). Il me dit :
« Nous marchons sur une corde raide. À
droite, c'est la tragédie, à gauche la bouffonnerie. » Je lui demande ce qui vaut tant
d'honneur à mon livre, alors qu'il y a bien
d'autres romans qui auraient pu être choisis.
Ma question paraît le surprendre. « Mais,
me dit-il, c'est le seul roman français
contemporain dont le héros est estonien. »
J'ouvre des yeux ronds. « Mais si, voyons, in-
siste-t-il, à la fin le jeune mousse qui se retrouve dans l'île déserte avec Robinson
après le départ de Vendredi se dit estonien. » J'avais complètement oublié ce détail. J'avais donné cette nationalité à ce petit
personnage, je l'avoue, un peu au hasard.

Les Estoniens n'ont vu que cela. Plus tard je vais dialoguer avec les élèves de français du lycée. Je suis émerveillé par leur maîtrise du français. Elle ne se porte pas si mal que cela notre bonne vieille langue ! L'un d'eux est un grand échalas de quinze ans. Il a un long nez retroussé, des yeux verts, des cheveux blonds filasse qui lui pendent sur les joues. Il est en culotte serrée aux genoux avec de gros bas de laine. Je lui dis : « Tu ressembles à Nils Holgersson. Tu as lu le roman de Selma Lagerlöf ? — Non, me répond-il, tout le monde me dit ça, alors j'en ai assez ! » Plus tard je leur raconte une histoire qui devrait les faire rire. Deux miroirs en promenade le long d'un chemin — allusion à la définition du roman par Stendhal — se trouvent face à face. « Tu vois quelque chose ? demande le premier. — Non répond-il — Moi non plus. » Et après un silence : « Je me demande ce que toutes ces femmes qui nous regardent sans arrêt nous trouvent d'intéressant ? » Les enfants restent de glace. Le professeur croit devoir les excuser : « C'est que, voyez-vous, me dit-il, en Union soviétique, les femmes ne sont pas coquettes. Elles n'ont pas le temps de se regarder dans les miroirs. »

Trois années passent, et les pirates se manifestent à nouveau. Je reçois une lettre de
Nazareth avec un exemplaire de *Vendredi*.
Cette fois il doit se lire à l'envers, car il est
traduit en arabe. Il vient de Bagdad et est
produit par les éditions très officielles du
ministère irakien de l'Éducation et de la
Culture. Je me disais bien que Saddam Hus-
sein ne pouvait pas se passer plus longtemps de mon livre. Je suis incapable de
vérifier la traduction. Mais les illustrations
de l'édition française ont été reprises. L'une
d'elles figure Vendredi nu et de face. Dans
l'édition irakienne, on l'a pudiquement habillé d'un bouquet de feuilles.

ANNEXE

Questionnaire de Proust

— Votre principal trait de caractère ?

La lenteur. Mon immaturité a duré incroyablement longtemps — et je me demande si elle ne dure pas toujours. J'ai publié mon premier livre à quarante-deux ans. Je suis un énorme ruminant. Les sujets de mes romans et de mes contes doivent mûrir des années en moi pour que je puisse enfin me mettre au travail. En 1941, au lycée Pasteur, j'étais en classe de philo le voisin de table de Roger Nimier. Sa précocité m'écrasait. Il avait un an de moins que moi. Il avait apparemment tout lu, tout assimilé, tout dépassé. Il me considérait — à juste titre — comme un débile mental, pouffant de rire chaque fois que je disais quelque chose. Il a publié son premier livre à dix-huit ans, le dernier à vingt-huit ans et il est mort à trente-six ans. Finalement je me demande si ce n'était pas moi qui étais privilégié. La grande différence entre l'homme et l'animal, n'est-ce pas la précocité de l'animal ?

— *La qualité que vous désirez le plus chez l'homme ? chez la femme ?*

Chez l'homme, la douceur. Chez la femme, la force. J'ai physiquement et moralement en horreur les « caractères sexuels secondaires », chez l'homme le poil, chez la femme l'adiposité. Je regarde toujours avec passion les championnats de patin à glace, de tennis et d'athlétisme. Je suis amoureux de Steffi Graf et de Justine Hénin, d'Amélie Mauresmo et de Christine Arron. En plus je trouve que leur tenue de sport met leur beauté merveilleusement en valeur. Au fond ce sont elles qui se rapprochent le plus des anges. L'ange est d'une force physique irrésistible, mais il n'a ni poil, ni barbe, ni seins, ni sexe.

— *Votre principal défaut ?*

Je ne m'en vois aucun en particulier. C'est une question quantitative et qui touche l'ensemble. Je voudrais être plus intelligent, plus fort, plus travailleur, et surtout plus beau, car j'ai mon physique en horreur. Quand on me demande la permission de me photographier, je réponds : « Oui, mais vite, et surtout ne m'envoyez pas les photos ! »

J'ai une conception très quantitative des valeurs humaines. Une œuvre peut être excellentissime, mais petite, mineure. Un « petit chef-d'œuvre ». Je préfère le contraire, une œuvre pleine de défauts, mais d'une dimension imposante. Telle *La Comédie humaine* de Balzac, par exemple.

— *Votre occupation préférée ?*

La lecture évidemment. Une vaste question : l'homme qui lit est-il un travailleur ou un feignant ? Deux grands romans commencent de la même façon, *Le Rouge et le Noir* de Stendhal et *La Fortune de Gaspard* de la comtesse de Ségur. Un père paysan bat son fils parce qu'il le surprend à lire, c'est-à-dire à paresser.

— *Le bonheur parfait, selon vous ?*

La création. C'est en créant que l'homme se rapproche le plus de Dieu. Création d'une nation, d'un édifice, d'un tableau, d'une symphonie, d'un livre, etc. Mais on peut aussi mettre au monde et élever un enfant. Le sommet du bonheur, ce doit être d'élever un enfant génial. Mêler la tendresse et l'admiration.

— *Quel serait votre plus grand malheur ?*

La vieillesse vous en inflige plusieurs. Chaque année je perds tel ami, puis tel autre. Si rien de physique ne me tue, ce sera par la solitude que je mourrai.

— *Ce que vous voudriez être ?*

Ce que je suis ne m'intéresse pas. C'est ce que je fais qui compte pour moi. Je revendique le maximum de lumière sur mes livres et le maximum d'obscurité sur moi-même.

— *Le pays où vous souhaiteriez vivre ?*

La Suisse. Je dois énormément à l'Allemagne, souvenirs d'enfance et de jeunesse, culture, etc. Mais elle m'a fait beaucoup souffrir, comme tous les Français de ma génération et avec un fort supplément dû à ma famille qui était profondément germanophile. Or la Suisse — et Zurich en particulier — c'est l'Allemagne sans l'Allemagne, une Allemagne innocente et inoffensive.

— *Votre couleur préférée ?*

Le bleu. Je ne supporte pas d'être vêtu de couleurs « naturelles » : marron, vert, beige, etc.

— *Votre auteur préféré ?*

Gustave Flaubert. Certaines phrases que j'ai écrites sont du super-Flaubert, du Flaubert de synthèse. C'est spontané. Je m'en aperçois — avec amusement — à la relecture.

— *La musique que vous écoutez ?*

Jean-Sébastien Bach. C'est le plus grand de tous. Sa musique nous console de notre impiété.

— *Votre film-culte ?*

Les Enfants du paradis de Marcel Carné.

— Votre héros ou héroïne dans la fiction ? dans la vie réelle ?

Dans la fiction *Kim,* le jeune héros de R. Kipling. Ses parents sont irlandais, mais il est né en Inde et navigue en orphelin avec une admirable adaptabilité dans l'immensité humaine de son pays d'adoption.

Dans la réalité, un jeune prof de gymnastique — que j'évoque dans *Le Vent Paraclet.* Alors que j'écrivais *Le Roi des Aulnes* — dont le thème central est « l'enfant porté » — il a rattrapé au vol dans la rue un enfant tombé du septième étage d'un immeuble. Il a été projeté au sol et a eu les deux poignets fracturés, mais l'enfant a été sauvé.

— Le don de la nature que vous souhaiteriez avoir ?

Le don de la musique évidemment, mais il n'y a pas de don sans un immense travail pour le mettre en valeur, et de ce point de vue la musique est terriblement exigeante.

— Ce que vous détestez par-dessus tout ?

La virilité (voir plus haut).

— *État présent de votre esprit ?*

Mes états d'esprit sont principalement saisonniers et dépendent de mon jardin. Or à l'heure où j'écris ces lignes, nous entrons dans l'automne qui est la plus délicieuse des saisons. Le bonheur.

— *Votre devise ?*

Je t'ai adorée, tu me l'as rendu au centuple. Merci la vie.

DU MÊME AUTEUR

LA FAMILLE ADAM, *Éditions des Lires.*

JOURNAL EXTIME, *La musardine* (Folio n° 3994).

LE BONHEUR EN ALLEMAGNE ? *Maren Sell éditeurs* (Folio n° 4366).

LES VERTES LECTURES, *Flammarion* (Folio n° 4650).

COLLECTION FOLIO

Composition Nord Compo
Impression Maury
à Malesherbes, le 13 novembre 2007
Dépôt légal : novembre 2007
Numéro d'imprimeur : 133092

ISBN 978-2-07-034441-3/Imprimé en France.